史上最高のラブ・リベンジ

Eri & Masato

冬野まゆ

Mayu Touno

エタニティ文庫

目次

史上最高のラブ・リベンジ

プロローグ　天国と地獄

【サクラちゃん、彼にプロポーズされました。幸せ過ぎて、天にも昇る気持ちです。絵梨《えり》】

制作会社である株式会社ストロボ企画。その企画部に籍を置く逢坂《あいさか》絵梨は、行きつけのカフェに残した知人宛のメッセージを思い出し、慌てて両手で頰を押さえた。

そうしていないと、自然と頰がニヤけてしまうからだ。

十一月に入り、冬と呼んでもいい寒さが続いているはずなのに、今は上着を脱ぎたくなるくらいに頰が火照《ほて》っている。

――だって、好きな人にプロポーズされたんだもん。

これが喜ばずにいられようか。

だが、まだ周囲の人にこの喜びを悟られるわけにはいかない。

自分のデスクに両肘をついて頰を包み込む絵梨は、一人でニヤニヤして変に思われていないか心配になり周囲を見渡した。

だけど他の社員も、絵梨ほどではないが、少なからず笑み崩れているので大丈夫そうだ。

絵梨は同僚たちの相好《そうごう》を崩す様《さま》に、納得をする。

――皆、嬉しいよね。

何故なら、先ほど超一流企業のＣＭ制作をかけたコンペティションで、我が社の企画が採用されたという連絡があったからだ。ストロボ企画のような中堅の制作会社にとって、またとないビッグビジネスのチャンスに、企画部の社員全員で喜びを分かち合っている。

「まさか殿春《でんしゅん》総合商社のＣＭを、ウチが取れるとは思わなかったぜ」

そう声をかけてきた男性社員に、絵梨は笑みを浮かべてピースサインを返す。

かくいう絵梨も、この企画にはサポートとして参加していた。

殿春総合商社の歴史は古く、設立は明治にまで遡《さかのぼ》る。当時は筑紫乃《ちくしの》商会という社名で、明治維新以降、貿易事業を足がかりに天然ガスや石油燃料の資源開発を手がけて大きく成長した超一流企業だ。

その殿春総合商社が、社名を現在のものに改めて五十年となる節目に、いくつかの記念プロジェクトを立ち上げた。その中の一つがＣＭ制作だ。

普通なら、そんな大きな案件がストロボ企画のような中堅制作会社に回ってくることはない。しかし、殿春総合商社はCM制作を任せるにあたり、コンペティション形式で多くの企業に門戸《もんこ》を開いたのである。

そして今日、名のある大手企業も参加したコンペティションの中から、我がストロボ企画の案が採用されたと、この件を統括する安達《あだち》部長から知らされたのだ。

もちろん絵梨も、自分の携《たずさ》わった企画が大手企業に採用されたことは素直に嬉しい。でもそれ以上に、絵梨にとって、今回のコンペティションで自社の企画が採用されたことには特別な意味があった。

今回のコンペティションに携《たずさ》わっているメンバーの中には、絵梨の恋人である比留《ひる》川一樹《かわかずき》も含まれる。

二十五歳の絵梨より五歳年上の比留川は、今回のコンペティションに並々ならぬ意気込みを持って取り組んでいた。

プライドが高く負けず嫌いの彼は、どうしてもこのビッグチャンスを自分のものにしたかったらしい。

その意気込みを示すかのごとく絵梨に、「今回のコンペティションで、ウチの企画が採用されたら結婚しよう」と、プロポーズしてきたのだ。

そして「契約が取れたら、その場で皆に婚約宣言するから」と絵梨に話し、絵梨に全力でのサポートを求めてきた。

絵梨としても、好きなCMの仕事に携《たずさ》われるのは嬉しかったし、好きな人の役に立てるのもとても幸せなことなので、比留川の希望に添うべく全力でこの企画に取り組んできた。

その結果、絵梨が立てた企画と言っても過言ではないほど、プランから絵コンテ作り、予定キャストのスケジュールの仮押さえまで、絵梨が担《にな》う結果になってしまった。

そこまでしても自分の名前が表に出ないことは承知していた。だが、たとえ名前が残らなくても、それが比留川との未来に繋《つな》がっているならそれでいい。

――大変だったけど、頑張った甲斐があったな。

今までの苦労をしみじみと噛みしめていたら、誰かに肩を叩かれた。

顔を向けると、隣のデスクに座る三輪郁美《みわいくみ》が、背中を椅子の背もたれに預けて絵梨の顔を見ている。

「逢坂さん、嬉しいのはわかるけど、ちょっと顔緩《ゆる》みすぎ……」

仕事場で一番仲のいい郁美の遠慮のない表情から察するに、絵梨はそうとうニヤけた顔をしていたようだ。

「……はは」

比留川との関係は、彼の要望もあって社内ではずっと秘密にしてきた。だから、今はまだ郁美にも話すわけにはいかない。

とりあえず、このふやけきった顔をどうにかしてこよう。

絵梨は「ごめん、ちょっとお手洗い」と、席を立ち、廊下へと出た。


「あっ、絵梨ちゃん」

廊下に出てすぐ、鼻にかかった声に呼び止められた。

その甘えた声の主にピンときて、幸福感でいっぱいだった絵梨の頭が一瞬で冷静になる。

「安達さん……どうかした?」

無視するわけにもいかず笑顔を作って振り向くと、案の定、最近同じ部署に異動してきたばかりの安達桃花《もも か》の姿があった。

絵梨と目が合うと、桃花は栗色の長い髪を耳にかけ、グロスに濡れた唇をほころばせた。

小柄で色白な桃花は、若手の男性社員の間では無垢《む く》な天使のようだと人気が高い。確かにこういった表情は、同性の絵梨でも可愛いと思った。

「やだ。桃ちゃんでいいのに」

近付かれると、甘ったるい声と同じくらい、甘い香水の匂いが嗅覚を刺激してくる。

――名前にちゃん付けって……

ここは女子校か、と、眉をひそめたくなるのをぐっと我慢する。

若手男性社員の評価とは裏腹に、女性社員の間では、桃花はすこぶる評判が悪い。

ワガママで自己中心的。自慢好きで、ブランド好き。人の傷付く発言を平気でする子……。そういった悪評を、彼女が異動してくる前から耳にしていた。そして同じ部署で働くようになったことで、それが根も葉もない噂ではないことを理解する。

絵梨としても、桃花の勤務態度を窘《たしな》めたいと思ったのは一度や二度ではない。

だが面倒なことに、彼女は安達部長の愛娘《まなむすめ》なのだ。

噂によると、縁故《えんこ》で入ったが労働意欲の薄い桃花はどの部署も持て余され、巡《めぐ》り巡《めぐ》って父親である安達部長が押しつけられたらしい。

「会社なので、ちゃん付けはちょっとどうかと……」

やんわり断る絵梨に、桃花は軽やかに笑う。

「やだぁ、パパが部長だからって、私にそんなに恐縮しなくていいわよ。もっとフランクに話しかけて」

――恐縮？　それに、フランクって……

同じ平社員。むしろ絵梨が彼女の一年先輩に当たる。それなのに桃花は、自分の方が絵梨より格が上だと信じて疑わない。

別に一年先に入社しただけで先輩面《づら》をするつもりはないけど、部長の娘というだけでここまで上から目線でこられると、さすがにモヤッとしてしまう。

でもそういう一般常識を説いたところで、桃花は「そんなつもりじゃなかったのに……」と、大袈裟《おおげさ》に落ち込み、男性社員の同情を誘う。その結果、正論を口にした側が気まずい思いをすることになるので、関わらないのが一番なのだ。

ここは、桃花の言うことなのだからと割り切って、すぐに気持ちを切り替える。

「で、安達さん、なんか用事？」

さすがに、名前の呼び方について議論するために自分を追いかけて来たとは思えない。

そう思い、用件を確認する絵梨に、桃花が「そうそう」と、笑顔で軽く手を叩いた。

「今回の殿春総合商社のコンペティション、絵梨ちゃんがすごく頑張ってくれたんだってね。ありがとう」

「ああ……いえ……」

突然、お礼を言われて戸惑う。そしてすぐに、「ん？」と、首をかしげた。

確かに絵梨は比留川のアシスタントとして今回の企画に参加していた。だが、コンペティションのサポートをしていたことは、絵梨と比留川、二人だけの秘密のはず。

安達部長でさえ知らないはずの話を、何故桃花が知っているのだろう。

「それに、なんだかごめんなさい」

「え、なにが？」

「秘密。……ただ、謝っておきたくなったの」

ふふふっと、桃花が目を細めて意味ありげに笑う。そして「じゃあね」と、小さく手を振り企画部のオフィスに入っていった。

――謝るというか、なにか悪いことを企《たくら》んでいそうな感じがしたんですけど……

「……まあいいか」

今は比留川の婚約宣言を、パートナーとして恥ずかしくない態度で待つことの方が重要なのだから。


桃花と別れ、気持ちを落ち着かせた絵梨がトイレからオフィスに戻ると、沸き立つような拍手の音が聞こえてきた。

さらに、あちこちから「おめでとう」「上手《うま》くやったな」という、祝辞の声も聞こえてくる。

何事かと思ってオフィス内を見渡すと、安達部長の隣に比留川の姿を見つけた。

彼はしきりに、周囲から「おめでとう」と肩を叩かれたりしている。

――一樹さん、嬉しそう。

いつも強気で自信に満ちた表情を浮かべている彼だが、今日は特に嬉しそうな表情を見せている。

オフィスを包む祝福の空気に、比留川のために頑張ってきたことが、結果的に皆の幸せにも繋《つな》がっているのだと実感できて絵梨も嬉しくなる。

満ち足りた思いで祝福の光景を眺めていると、一瞬、比留川と目が合った。

でも、すぐに彼は絵梨から視線を逸《そ》らしてしまう。

「あれ……?」

――てっきり微笑みかけてくれると思ったのに。

それが最初の違和感だった。そしてすぐに、それより大きな違和感を覚える。

何故か、安達部長と比留川の隣に桃花が立っているのだ。

そして、周囲の人たちは、どうやら比留川と桃花に向かって拍手をしている。

コンペティションの成功を讃《たた》えるのであれば、比留川の隣に、桃花が寄り添っているのはおかしい。

「ねえ、なにかあったの?」

胸騒ぎを覚えた絵梨は、席に戻り隣の郁美に声をかけた。

「ああ、驚かないで聞いてね」

そう断り、郁美が絵梨の耳元に顔を寄せる。

「比留川さんと安達さんが、ついさっき婚約を発表したのよ」

「……え？　――えええぇっ⁉」

耳に入ってきた情報を、上手《うま》く理解出来ない。

思考が追いつかず驚きの声を上げる絵梨を、比留川が一瞥《いちべつ》する。だがすぐに、無関心な様子で視線を逸《そ》らした。そんな比留川の隣で、桃花が勝ち誇ったように微笑む。

「絵梨ちゃん、ありがとう。そんなに喜んでもらえるなんて嬉しい。皆さんの祝福を裏切らないように、一樹さんと二人で、幸せな家庭を作ります」

桃花の初々《ういうい》しく聞こえる言葉に、周囲から再び拍手が沸き起こる。

「……えっえっえっえ」

――ちょっと待って、私は？

驚きのあまり、思っていることが声にならない。救いを求めて比留川に視線を向けても、彼はこちらを見てもくれない。まるで他人事《ひとごと》のようだ。

これはどういう種類の冗談なのだろうか。というより冗談であって欲しい。

でも冷めた比留川の横顔を見れば、これは冗談などではないとわかる。彼は絵梨を裏切り、桃花を選んだのだ。

――天国から地獄。

呆然と立ち尽くす絵梨の頭に、その言葉がこだました。

1　復讐するは我にあり

【絵梨ちゃん、おめでとう。

でも天にも昇るなんて、死んじゃいそうでちょっと心配になるよ。　サクラ】

比留川と桃花の婚約発表から一週間。

絵梨は、久しぶりに行きつけのカフェ、『一葉《いちよう》』を訪れた。

定位置であるカウンターの右端の席に腰を下ろし、カプチーノを注文する。そして、目の前にあるアンティーク調のテーブルランプの下からピンク色のメモを引っ張り出した。

そのメモには、絵梨宛てのメッセージが書き込まれている。差出人の名前は、サクラ。

絵梨同様、この店の常連だというサクラに、直接会ったことはない。だけど、文通のようなメッセージのやりとりを、もう一年以上続《つづ》けている。

桜の花びらの形をしたメモに、可愛い文字で綴られた祝福のメッセージを見て、つい重いため息が漏《も》れてしまう。

「暗っ！」

カウンターの中から、低い声が聞こえてきた。

顔を上げると、飲み物を片手に大袈裟《おおげさ》なほど口角を下げている幸根和也《ゆきねかずや》と目が合った。

このカフェのオーナーである幸根は、客商売をしているだけあって、表情豊かで話が上手《うま》い。そんな彼が、絵梨を見て露骨《ろこつ》に顔を歪《ゆが》めている。

「すみません」

泣きたい気持ちを堪《こら》えてクシャリと笑うと、幸根が絵梨の前にカプチーノを置いた。

「なに？　マリッジブルーってヤツ？」

幸根の言葉に、それならよかったのにと、絵梨は眉を下げる。

「実は……」

「どうした？」

「彼との婚約……っていうか、そもそも付き合っていたこと自体が、なかったことになってしまって……」

「はあ!?　一体なにがあった？」

絵梨の言葉に、幸根が目を丸くする。

それと同時に、すぐ横から「えっ？」と、驚いたような声が聞こえてきた。

その声に驚き、絵梨が視線を向ける。一つ椅子を挟んだ左隣に座るスーツ姿の男性が、驚きの表情で絵梨を見ていた。

「ああ、失礼」

会話に割り込んでしまったことが気まずいのか、男性が口元を手で覆《おお》って謝罪する。

「いえ。なんて言うか、こちらこそ」

突然隣でこんな話をされたら、驚くのも無理はない。軽く頭を下げた絵梨は、改めて男性の姿を見る。

座っていてもわかるほど、背が高い。スッキリした鼻筋に、ほどよく厚みのある唇。非常に整った顔立ちをした男性だ。あまりに整いすぎて冷たく見えそうだけど、わずかに垂れた目尻が人懐《ひとなつ》っこい印象を与えてくる。年はおそらく幸根と同じ二十代後半から三十代前半くらいだろう。

こちらを見つめる意思の強そうな眼差しに、目を奪われてしまう。

ついまじまじ見つめてしまったが、絵梨は彼に見覚えがあった。

会話をしたことはないけれど、彼もこの店の常連らしく、たまに見かけるのだ。自然と聞こえてくる会話から推察するに、幸根の古い知り合いのようだった。

「雅翔《まさと》、盗み聞きはよくないぞ」

絵梨の予想どおり、気心の知れた仲なのか、幸根が軽い口調で男性を窘《たしな》める。

「だから、ごめんって……」

「いえ、この場合、驚くような話を急に始めた私の方が悪いです」

咄嗟《とっさ》にフォローする絵梨に、雅翔と呼ばれた男性が頭を下げてきた。絵梨も軽く会釈《えしゃく》を返す。そんな二人のやりとりを見て、幸根が意味ありげに口角を上げた。

「絵梨ちゃんさえよかったら、コイツも話に交ぜてやってよ」

「えっ……」

――ほぼ初対面の人にするような話では……

困惑する絵梨に、幸根がもっともらしく言う。

「悩み事なんて、一人で抱え込んでても苦しいだけでしょ。こいつは俺の昔からの知り合いで信用出来るし、何でも屋で経験豊富だから、きっといい相談相手になると思うよ」

「何でも屋って……」

なにか言いたげな雅翔の視線を無視して、幸根は、「それでは紹介から」と、絵梨へ手のひらを向けた。

「ウチの常連、逢坂絵梨ちゃんです」

突然始まった幸根の紹介に合わせて、絵梨は慌てて会釈《えしゃく》をする。幸根は次に、絵梨へ向けていた手のひらを雅翔に移動させた。

「で、こっちは俺の友人で、何でも屋の雅翔君です」

――何でも屋って、本当にいるんだ。

メディアなどで、そうした存在を耳にしたことはあったけど、実際にそれを生業《なりわい》としている人を初めて見た。

「それで、絵梨ちゃんに一体なにがあったワケ？」

幸根から先ほどの続きを促《うなが》されて、視線を彷徨《さまよ》わせる。

平日の閉店間際。店内には絵梨と彼しか客はいなかった。これなら、他の誰かに話を聞かれる心配はない。

この一週間、自分の身に起こったことを、誰にも打ち明けることが出来ず、一人で悩んで苦しかったのも事実だ。

――幸根さんの言うとおり、誰かに話を聞いてもらえば、少しは気持ちが軽くなるかな。

正直、この気持ちは、一人で抱えるには重すぎる。

そう自分を納得させて、絵梨は重い口を開いた。

「付き合っていた人……少なくとも私はそう思っていた人に、『今回のコンペティションで、ウチの企画が採用されたら結婚しよう』『契約が取れたら、その場で皆に婚約宣言するから』って、言われていたんです」

「うん。それは俺も絵梨ちゃんから聞いてる」

会社では二人の関係を秘密にしている分、聞き上手な幸根に、つい名前を伏せて彼とのことを色々ノロケてしまっていた。

「だから……って言うと、語弊《ごへい》があるんですけど、私、これまで彼の仕事を出来る限りサポートしてきたんです。彼が接待で早く帰りたいって言えば、代わりに残業して仕事を片付けたし。休日返上で、コンペティションに向けた情報収集をして資料作ったり、こちらの意図をわかりやすく伝えるためのイラストボードを作ったり、タレントさんや衣装デザイナーさんの日程をさりげなく探って、仮押さえしたり……」

ＣＭ制作のコンペティションは、ポーカーゲームに似ている。

良い企画を出すのは当然としても、参加者が互いに、手持ちの札を完全に晒《さら》すことなく、相手により有効なカードを持っていると匂わさなくてはいけない。

そのためには多少のはったりも必要だ。だが、いざ仕事が決まってみたら中身が全然違っていた、では目も当てられない。

そうならないように、あらかじめ関係者のスケジュールを仮押さえしておくことと、契約が取れた際に仕事を受けてもらえるかの確認は欠かせないのだ。

しかも、話が流れた時に、相手をガッカリさせないよう配慮しながら進める必要があるので、細心の注意が必要となる。

「ここ二ヶ月ぐらい、ずっと忙しそうにしてたよね。休日に来ても、ずっとパソコンいじったり、電話したりしていたし」

「その甲斐もあってか、コンペティションではウチの会社の企画が採用されたんです」

「へー、おめでとう」

この先に待っているのがバッドエンディングと承知していながら、幸根が拍手する。

絵梨は苦笑しつつ、ふうっと、ため息を漏《も》らした。

「で、めでたく大手のCM契約が取れた途端、彼は部長の娘さんとの婚約を発表し、私との約束はなかったことになりました」

「あぁ……」

黙って話を聞いていた雅翔が、苦い顔をして息を吐く。その向かいでは、幸根がオーバーリアクションで天を仰いだ。

「あちゃ～。やられたね。で、その彼は、なんて言ってるワケ？」

「それが……婚約発表の日から、彼にはずっと無視されていて……。目も合わせてもらえない状態だったんです……」

つくづく惨《みじ》めだ。絵梨は両手で自分の顔を覆《おお》って俯《うつむ》いた。

「ああっと……、じゃあメールとか電話で連絡取って、仕事とは関係ない場所で会って話し合ってみたら？」

幸根の提案に、絵梨は俯《うつむ》いたまま首を横に振る。

比留川の真意が知りたくて、すでに何度も、話し合いの場を設《もう》けるべく連絡を試《こころ》みた。だけど、まったくと言っていいほど取り付く島がない。

それでもどうにか、比留川が一人になるタイミングを見計らって捕まえたら、「社内でストーキングとかって、マジで気持ち悪いんだけど」と、侮蔑《ぶべつ》の言葉を投げつけられた。

酷い裏切り行為を受けたあげく、何故そんな扱いを受けなきゃいけないのか、さっぱりわからない。

絵梨がどうにかして比留川と連絡を取ろうとしたのは、なんの前触れもなく彼が桃花と婚約発表をしたからだ。自分と結婚しようと言っていた言葉は嘘だったのかと訴える絵梨に、比留川は「その話に、証拠はあるのか？」と嘲笑《あざわら》ったのだ。

付き合っている間のメールやプレゼントは残してある。けれど、比留川曰《いわ》く「婚約成立後の婚約破棄ならともかく、気まぐれにちょっと付き合って別れただけの相手には、なんの法的責任もない」とのことだった。

それどころか、これ以上執拗《しつよう》につきまとうなら、絵梨をストーカーで訴える、とまで言った。

比留川の言うとおり、恋愛期間中の『結婚予告』など、法的にはなんの責任もないのだろう。

おそらく、接待に必要だからと話す比留川に貸したお金も、借用書を交わしていないため、泣き寝入りするしかない。

だがどれだけ理路整然と論破されたところで、簡単に割り切れないのが人間の感情だ。しかも比留川は、悔しさに唇を噛む絵梨に「お前と結婚して、俺になんのメリットがある？」と、笑いながら止《とど》めを刺した。

結婚におけるメリットと言えば、好きな人と一緒にいられることではないのか。そう戸惑う絵梨に、比留川は「じゃあ俺には、お前と結婚するメリットはないから」と、断言した。

つまり、比留川にとっての絵梨は、『仕事の役に立つから好き』『文句を言わずに、なんでも言うことを聞くから好き』程度の便利グッズ的な存在で、最初から長い時間を一緒に過ごしたいと思える相手ではなかったということだ。

それに比べて桃花は、見た目が可愛く、部長の娘というメリットがある。実家の資産も、絵梨の実家のそれより遥《はる》かに上回っている。

「コンペティションに勝てた今、桃花に比べてたいしたメリットもないお前はもういらない」。そう、嘲笑《あざわら》う比留川に、それ以上追いすがることは出来なかった。

その時のことを思い出し、絵梨は込み上げる悔しさに下唇を強く噛む。

そんな絵梨を気の毒そうに見つめながら、幸根がため息を吐いた。

「最低な男だな。で、相手の女の子は、絵梨ちゃんの存在を知らなかったの？」

「……たぶん、知っていたと思います……」

ハッキリ確認してはいないけど、二人の関係を知らなければ、あの日、わざわざ絵梨に「ごめんなさい」などと言ってこなかったはずだ。

それまで黙って話を聞いていた雅翔が、「なんか、最低なカップルだな」と、低い声で呟いた。

声に反応して彼に視線を向けると、雅翔がじっと絵梨を見ていた。

「人の感情を道具のように利用するような奴のために、君が傷付く必要はない」

同情ではなくいたわりに溢《あふ》れた雅翔の眼差しに、絵梨は再び下唇を噛んだ。

「……」

「どうかした？」

泣いてしまわないように目尻を押さえる絵梨の顔を、雅翔が心配そうに覗《のぞ》き込む。その声の優しさにも、また涙が出そうになった。

「ご、ごめんなさい。……なんだか、自分がバカだから、こんなことになったのかな……とかずっと思ってたから」

比留川が悪いと思う反面、本当は都合よく利用された自分がバカだったのだという自責の念もあって、ずっと苦しかった。

職場では誰にも相談出来ず、その苦しみに答えをくれる人もいなかった。なので、こうやって、第三者に『悪いのは比留川だ』と、断言してもらえただけで心が救われる。

言葉を詰まらせる絵梨の肩を、雅翔がポンッと優しく叩く。

「君は、悪くないよ。もし君が悪いって言うなら、それは自分の利益のために恋人を利用して、最低な形で思いを踏みにじる、その男のやり方を正しいと認めることになる。俺はそんなことを許す人間にはなりたくない」

「……ありがとうございます」

真摯《しんし》な気持ちが伝わってくる雅翔の言葉に、絵梨は頭を下げた。そして、顔を上げ、心配そうに見つめる二人に微笑んでみせる。

「あんな人が運命の相手じゃなくてよかったっ！　そう思うことにします」

自分に言い聞かせるように宣言する絵梨に、雅翔が目を細めた。

「ポジティブだね」

「祖母の受け売りですけど。『人生、幸せも不幸も同じ数ある。幸せな人生を送れるかどうかは、その人が幸せを見つけるのが上手《うま》いか、不幸を見つけるのが上手《うま》いかの違いだけだ』って」

「いいことを言うお祖母《ばあ》さんだね」

褒《ほ》める雅翔に、絵梨は「はい。自慢の祖母です」と、胸を張る。

「そうそう、そんな悪い男のことなんて、さっさと忘れるのが一番だよ」

「そう、ですね」

カウンターの向こうから励《はげ》ましてくれる幸根に、絵梨はぎこちない笑みで頷いた。

今さら比留川との関係を修復したいとは思わない。だったら、幸根の言うように、もう過ぎたことだと割り切って、忘れてしまうのが一番なのだろう。

でも、頭ではそうわかっていても、つい、比留川と桃花の関係はいつから始まっていたのか、と考えてしまう。

部長公認で婚約発表をしたのだから、それなりの時間を費《つい》やしていたことは間違いない。

比留川のために、休日を削って働く絵梨のことを、比留川と桃花は、どう思って見ていたのだろうか。

比留川が仕事の付き合いで早く帰る時、彼の代わりに残業を引き受けていたけれど、本当は仕事ではなく桃花とデートをしていたのではないか。

絵梨が貸したお金は、桃花のために使われたのではないだろうか。

そんなことを考え出すとキリがない。

自分は、ずっと二人に陰で笑われていたのかもしれない。そう思うと、どうしようもなく惨《みじ》めで、居たたまれなくなる。

——でも今の仕事が好きだから、会社は辞めたくない。

だとすれば、どんなに辛くても、忘れたふりをして暮らしていくしかないのだ。

下唇を噛み、自分にそう言い聞かせていると、絵梨の肘に雅翔の手が触れた。

「……っ！」

驚いて隣に視線を向ける。そこには、真剣な表情をした雅翔がいた。突然腕を掴《つか》まれたことより、自分を見つめる彼の表情に戸惑う。

「君は、それでいいの？」

「え？」

目を瞬《またた》かせる絵梨に、雅翔が優しく確認する。

「悪い男に引っかかった。勉強になった。……素直にそう割り切れる？　後で苦しくなったりしない？」

その気持ちを、言葉にしてどうする？

ここで悔しさを認めたところで、なんの救いにもならない。

そう思うのに、さっき絵梨の気持ちに共感してくれた雅翔に「正直に答えて」と言われてしまうと、自分の気持ちに嘘がつけなくなる。

「……きっと、すごく苦しくなると思います」

雅翔の真剣な眼差しに押され、思わず本音が零《こぼ》れてしまう。

絵梨の言葉を聞いた雅翔は、形のよい眉を寄せて表情を曇らせた。

——そんな顔をされても困る。

どんなに苦しく割りきれなくたって、絵梨にはこれ以上どうすることも出来ないのだから。

「君はなにも悪くない。だからそんな顔をするんじゃない」

絵梨の目を真っ直ぐ見ながら雅翔が言う。

「でも……」

じゃあ、一体どうすればいいというのだろうか。

言葉を探して黙り込んでいると、雅翔がなにかを思いついたように眉を動かす。

「そうだ。その男に復讐してやるのはどうだろう？」

「ああ、いいねそれっ！」

カウンターの向こうから、一際明るい幸根の声が聞こえてきた。

「え？」

復讐という禍々《まがまが》しい響きに、絵梨は本能的に拒否感が働く。

表情を強張《こわば》らせる絵梨とは反対に、雅翔は、爽《さわ》やかな表情で笑った。

「そう。復讐するは我にありってね」

「それ、本来は違う意味じゃなかったっけ？」

幸根の突っ込みに、雅翔は「あれ？　そうなの？」などと軽いノリで返している。

「ちょっ、あの……」

焦る絵梨に笑みを向け、雅翔は自分の唇を人差し指でトントンと叩く。

「とにかく、君はなにも悪くないのに、そんな風に下唇を噛みしめて我慢する必要はないよ」

「……っ！」

辛いことがあると、無意識に唇を噛んでしまうのは、絵梨の子供の頃からの癖だ。自分の感情を押し殺したり、言いたいことを我慢して呑み込んだりする時、唇を噛んでしまう。

絵梨は雅翔から顔を逸《そ》らし、そっと自分の唇に指で触れた。

噛みしめ過ぎた下唇がひび割れてしまっている。触った時に痛みを感じるのは、噛んだところが傷になっているからかもしれない。きっと、雅翔はそれを見て気になったのだろう。

「……癖なんです。すみません……」

「謝らなくていい。でも自分が悪くないなら、そんな風に下唇を噛んで、本音を閉じ込める必要はないんだよ」

雅翔は、諭《さと》すような優しい口調で絵梨に声をかける。

「……」

「ここはやっぱり、復讐でしょう」

幸根の言葉に、絵梨は俯《うつむ》く。

そんなことをしても、きっと後で惨《みじ》めな気持ちになる。それに、職場での絵梨の立場も悪くなってしまうに違いない。

「そんな後ろ向きなことしたくないです。きっと、後で虚《むな》しくなります」

やけにはしゃいでいる幸根に釘を刺す。でも幸根は、反省するどころか、嬉々《きき》とした表情を見せた。

「その言い方だと、前向きな復讐ならありなんでしょ？」

「前向きな復讐……？」

それはどんな復讐だ。

眉を寄せる絵梨に、幸根はカウンターから身を乗り出すようにして「ね、それならいいでしょ？」と、迫ってくる。

「まあ、もしそんなものがあれば……」

幸根の勢いに押されて絵梨が頷くと、彼が「わかった」と、笑う。

「じゃあ、そのムカつく男に、前向きな復讐をしようよ。絵梨ちゃんにその気があるなら、そこにいる何でも屋の雅翔君が、復讐に協力してくれるって」

幸根がそう言って雅翔を指さす。

驚いて雅翔に視線を向けると、雅翔も幸根の発言を肯定するみたいに頷く。

「えぇっと……」

絵梨の戸惑いを楽しむように、幸根はこれぞ名案といった様子で話を続けた。

「だって、自分のために女を利用して、必要なくなったら捨てるなんて……同性の俺から見たって、最低な男だぞ。もし絵梨ちゃんがここで泣き寝入りしたら、その男はビッグビジネスのチャンスと上司の娘婿という立場を手に入れて、めでたしめでたし。そんな理不尽な話、俺は納得できないね。……それにさ、もしかしたらだけど、絵梨ちゃんが泣き寝入りするのも、その男の計算のウチだったのかもしれない」

「……ああ」

それはあり得る話だ。

絵梨の性格を知っている比留川なら、絵梨がこういう時、周囲への影響を気にかけ自分の気持ちを呑み込むと予想出来るはずだ。

それを計算に入れての裏切りなら、それこそ、このまま泣き寝入りするのは悔しい。

そう思う絵梨の隣で、雅翔も表情を険しくしている。

「そんな奴のために、君が泣き寝入りする必要はないよ。こんな終わり方は正しくない」

雅翔は強い口調で言い放つ。その様子から、彼は自分の行動に、強い信念を持っている人なのだろうと察せられた。彼の迷いのない姿勢が羨《うらや》ましい。

そんなことを思っていると、幸根が笑顔で声を上げた。

「な、雅翔もそう思うだろ？　でも、絵梨ちゃん一人で復讐するのは難しいと思うから、何でも屋の雅翔君が協力してやって」

「いや、協力はするけど、さっきから何でも屋って……」

なにか言いたげに、顔をしかめる雅翔を見て、幸根が愉快そうに笑う。

「絵梨ちゃんの心の傷を癒《い》やすついでに、お前の売り込みしてやってるんだろ」

——ああ、なるほど。

絵梨は内心で頷いた。

幸根が復讐に乗り気なのは、友人である雅翔の仕事の営業を手伝う意図があったのだろう。

「ねっ、雅翔に手伝ってもらって復讐したらいいよ。そうすれば、絵梨ちゃんは今のモヤモヤした気持ちが解消できるし、雅翔は仕事になる。俺もそんなムカつく男に天罰が下ればスッキリする。……ここにいる三人全員が幸せになれるんだから、これ以上の名案はないと思わない？」

幸根がそう言って得意げな顔をする。

「でも、復讐って、やっぱりいいイメージがありませんし、なんか法に触れそうで怖いっていうか……」

「もちろん俺も、そんな復讐をする気はないよ」

雅翔が、絵梨の意見に賛同する。

「別に、違法なことだけが復讐じゃないだろ。……なんかないか？　楽しくて、絵梨ちゃんのテンションの上がる復讐の方法」

そう言って幸根は、お前が考えろよ、と雅翔をせっつく。

その求めに応じて、雅翔が顎《あご》に手を当てて考え込んだ。

「そうだな……」

しばらく悩んでいた雅翔は、不意に悪戯《いたずら》な笑みを浮かべて絵梨と幸根の顔を交互に見つめた。そして、一つの提案をしてくる。

「どうせやるなら、豪華で楽しい復讐っていうのはどうだろうか？」

「豪華で楽しい復讐……？」

はたして、そんなものがあるのだろうか。

想像ができず、パチパチと瞬《まばた》きをする絵梨に、雅翔が楽しげに言葉を付け足した。

「そう。しかも徹底的に」

「それいいねっ！」

幸根が嬉しそうに声を上げる。

「豪華で楽しい復讐。……しかも徹底的に……」

嬉々《きき》としている幸根には申し訳ないが、絵梨には、それがどんなものなのかちっとも想像が出来ない。

「どう？　そんな復讐なら、悪くないんじゃない？」

「えっと……。よくわからないけど、それでも復讐をするっていうのは……ちょっと」

なかなか踏み切れない絵梨に、雅翔が言う。

「今すぐ決断しなくていいから、少しだけ、お試し期間を作ってみない？」

「お試し期間……ですか？」

「そう。まずは少し、俺の提案する復讐を試してみてよ。それでもし、その内容に君が納得出来たら、その時は正式に俺に仕事の依頼をする。それでどう？」

「そう言われても……。それに、私には何でも屋さんを雇う余裕はないし」

「お試し期間の間のお金はいいよ。もし君が正式に復讐を依頼する気になったら、その時に改めて金額の話をしよう」

「え、でも……」

何故そこまで積極的に復讐をしたがるのだろう。困惑しつつ、絵梨は、雅翔と幸根を見比べた。

目が合うと、雅翔がとても真摯《しんし》な視線を向けてくる。

復讐という言葉は重いけど、本気で絵梨のことを思って提案してくれているのがわかるだけに、これ以上無下《むげ》にするのも申し訳ない。

——とりあえず、お試しだけでもお願いしてみようかな……

それでどうしても気が乗らなければ、その時は断ろう。そう覚悟を決めて、絵梨は頷く。

「じゃあ……とりあえず、お試し期間ということで」

「ありがとう」

雅翔が、ホッと安心したように笑う。

「よし。ひとまずは交渉成立ってことで、よろしく」

そう言って差し出された雅翔の手に、絵梨はおずおずと手を重ねた。

「復讐は、豪華に楽しく徹底的に」

そのスローガンを楽しそうに口にする雅翔に、カウンターの向こうで幸根も満足そうに頷いている。

「じゃあ逢坂さん、よろしく」

そう挨拶《あいさつ》する雅翔に、幸根が「絵梨ちゃんでいいだろ」と、突っ込みを入れる。そして絵梨に向けて視線で同意を求める。

「絵梨でいいですよ。幸根さんも、名前で呼んでるし」

絵梨がそう言うと、雅翔がどこか嬉しそうな表情を見せた。

その表情がくすぐったくて絵梨が視線を落とすと、少し恥ずかしそうに絵梨の名前を呼ぶ雅翔の吐息が髪に触れた。

「じゃあ、絵梨ちゃん、よろしくね」

絵梨は微《かす》かに揺れた髪を掻き上げ、視線を雅翔に戻して頷く。

「こちらこそ、よろしくお願いします」

そんな二人のやりとりを見て、幸根がパンッと、手を鳴らした。

「じゃあ、交渉成立の乾杯といきますか」

幸根の宣言に、雅翔がおもむろに自分のカップを手に取り小さく揺らす。

二人に促《うなが》されて、絵梨も自分のカップを手に取った。

「乾杯！」

そう言ってカップに口を付けると、カプチーノはいつのまにかすっかり冷めていた。

——なんだか、変なことになっちゃったな……

思いもしなかった成り行きだけど、誰にも言えずにいた思いを打ち明けたことで、絵梨が悪いわけじゃないと言ってくれる人たちと出会えた。

そして彼らは、味方になってくれた。

冷めたカプチーノは、絵梨の心に温かくしみ込んでいった。

◇　◇　◇

「俺はいつから何でも屋になったんだ？」

絵梨と交渉成立の乾杯をしてから一時間後。扉に『CLOSE』の札を下げ明日の仕込みを始めた幸根に、雅翔が不満げな声を投げかける。

「今まで、散々俺の悪ふざけに乗っといて、それはないんじゃない？」

幸根が、悪びれた様子もなく笑う。

「確かに乗ったけど、だからって『何でも屋』って……彼女完全に誤解したぞ」

明日も朝が早いという絵梨とは、連絡先を交換した後、またこの店で落ち合う約束をして別れた。

「なんだよ。一緒に仕事してた頃、お前よく後輩に言ってたじゃないか。俺たち総合商社は、平たく言えば何でも屋だ……って」

「そりゃ、言ってたけど」

だがそれには、『だから一つの分野だけにこだわらず、色々な情報に興味を持って、常にアンテナを張り巡《めぐ》らせておけよ』と続く。決して、絵梨が考えているであろう職業ではない。

拡大解釈もいいところだと、雅翔は幸根を睨《にら》む。

「なんだよ、その目は。……じゃあ、ありのままのお前を紹介して欲しかったのか？　殿春総合商社、次期社長の桜庭《さくらば》雅翔君です、って」

雅翔が嫌がるのを承知で、幸根が聞いてくる。

案の情、雅翔は露骨《ろこつ》に顔をしかめた。

「それはまずいだろう。……今度ウチと、彼女の会社が一緒に仕事をするみたいだし、変に気を使われそうだ」

部署が違うので、雅翔はCM制作に関与していないが、絵梨の勤める会社が殿春総合商社の新CMを手がけるということは知っている。

その件を抜きにしても、殿春総合商社の次期社長という肩書きはなにかと面倒なので、なるべくなら彼女に知られたくないというのが本音だった。

「な、俺の判断は正しかっただろ。ついでにお前の売り込みもしてやったんだから、感謝しろよ」

雅翔に向かって、幸根がニンマリ勝ち誇った笑みを浮かべた。

昔話に出てくるずる賢いキツネを思わせるその表情を見ていると、素直に感謝するのが、どうにも癪《しゃく》に障る。

雅翔はぐっと眉を寄せて、視線を逸《そ》らした。

「しかし、お前と絵梨ちゃんって、不思議な縁があるよな」

頬杖をついて不機嫌な表情を浮かべる雅翔に、幸根がしみじみと呟く。

「まあ……確かに」

その点については、素直に認める。

絵梨と直接言葉を交わしたのは今日が初めてだ。だが実のところ、雅翔と彼女との関わりは長い。

――始まりは、……やっぱりコイツの悪ふざけだったな。

そんなことを考えていると、カウンターの向こう側にいる幸根に話しかけられた。

「で、彼女の復讐に、ちゃんと協力してやるんだろ？」

鶏肉を切り分け、自家製のタレに漬け込んだ幸根が、手を洗いながら雅翔に確認してくる。

「もちろん。そんな最低な奴のために、彼女が泣き寝入りするなんて許せないから」

「豪華に楽しく、徹底的に復讐する？」

さっき打ち上げたスローガンを幸根が再び唱える。

「そう。……俺に出来ることなら、なんでもしてあげるから、少しでも彼女に元気を取り戻して欲しい」

なにも悪くない絵梨が、苦しそうに唇を噛みしめる姿を見たくない。

そのとっかかりとして、『復讐』という言葉を選んだだけだ。

「それで、どうやって復讐する気だ？　その最低男を、殿春の力で左遷《させん》にでもするか？」

「まさか。そこまでの公私混同はしないよ」

確かに、殿春の力を使えば、あっけないほど簡単にその男を潰すことが出来る。だが
そんなやり方では、きっと彼女は喜ばないだろう。

「ふーん。あれだけプライベートを犠牲《ぎせい》にして殿春に貢献しているんだから、一度くらい権力を振りかざしたっていいだろうに」

「遠慮しとくよ」

幸根の言葉を、穏やかな笑みで却下する。

そう笑う幸根は、冷蔵庫の中からビールを二本取り出す。そしてカウンターの中から
「残念」

出て、一本を雅翔に手渡しながら隣の席に腰を下ろした。

幸根はビール片手に、テーブルランプの下から桜の花びらの形をした紙を引っ張り出す。

その紙には、さっき雅翔が電話のために席を外した隙に、絵梨が急いで書いた文字が綴《つづ》られていた。

照明を落としたカウンター席で、幸根はテーブルランプの光にメモをかざす。

「えっと……『サクラちゃん。プロポーズの話、中止です。ちょっと大変だけど、元気です』、だって」

幸根が絵梨のメッセージを読み上げ、雅翔の顔を窺《うかが》ってくる。

「そうだな。じゃあ『きっとそのうち、いいことがあるから大丈夫だよ』、かな」

「了解」

幸根はそう答えると、ポケットから桜の花びらの形をした和紙を取り出した。そしてそこに、持っていたペンで、雅翔が口にしたメッセージを書き込んでいく。

普段の幸根の字を知っている雅翔には、彼があえて綴《つづ》る極端に丸みを帯びた字に、つい苦笑いを零《こぼ》してしまう。

――今さら、本当のことは言えないよな。

文字を綴《つづ》る幸根を見守る雅翔は、気まずさから首筋を掻く。

絵梨とメッセージのやりとりをしているサクラの正体は、実は幸根と雅翔だ。

幸根の悪ふざけをきっかけに、雅翔の言葉を幸根が書き記す形で、絵梨との顔の見えない言葉のやりとりをもう一年以上続けている。

「……」

――こんなこと、いつまで続けるんだろう……

いつもそう思うのだけど、自分からやめようとは言い出せないでいた。

そんな雅翔に視線を向けて、幸根がニンマリと微笑む。

「ついでに『素敵な王子様が、復讐の手伝いをしてくれると思います。その人が絵梨ちゃんの運命の人じゃないかな？』とか、書いといてやろうか？」

「バカかっ」

悪乗りする幸根の脛《すね》を蹴ってやった。

「痛っ！」

幸根は慌てて脚を引っ込めつつ、怒ることもせず口を開く。

「せっかくだ、楽しめよ。で、ついでに頑張って、絵梨ちゃんの運命の人にのし上がれ」

「運命って……」

頑張ってのし上がらなきゃいけない段階で、それはもう運命じゃないだろう。

そう思っているはずなのに、絵梨との縁をくすぐったく感じているのも事実だ。

殿春総合商社の未来の担《にな》い手である雅翔は、多忙な日々を過ごしている。

こんな多忙な自分が恋人を作っても、相手を幸せに出来るわけがない。それに恋愛を成就させるためには、相手の気持ちも必要になる。

だから恋人なんて大それたことは望まないけど、もっと絵梨との繋《つな》がりが増えればいいと、願ってしまう自分がいる。

そんなことを思いながら隣に視線を向けると、またずる賢いキツネの顔をした幸根と目が合った。

「世の中、そんなに都合良く出来てないよ」

内心とは裏腹にそう返して、雅翔は手にしたビールを呷《あお》った。

2　楽しい復讐の始め方

翌日の昼休み。

近くのコンビニでお弁当を買うべく、一緒にオフィスを出た友人の郁美が、不意に呟いた。

「よかった」

「え？　なにが？」

驚いて視線を上げると、長身で細身な彼女と目が合った。

性格がサバサバしている郁美は、スレンダーな体形にベリーショートの髪がよく似合う。化粧も、すっきりしたナチュラルメイクで、どこか中性的な感じの女性だ。学生時代は女子生徒から「王子様」と呼ばれ、慕われていたという話にも納得がいく。

「なんか最近、元気なさそうだったから」

「……そうかな」

比留川とのことを秘密にしていたので、郁美にも、今抱えている悩みを打ち明けることは出来なかった。そんな自分を、郁美は気にかけていてくれたのか……

「元気になったみたいでよかったよ」

「うん、ありがとう……」

なにも聞かずに、それでも静かに気にかけてくれていたことが嬉しい。

一人で苦しみを抱えていただけに、今はそうした誰かの存在に救われる。

──そういえば……

昨日知り合った何でも屋の雅翔も、絵梨を心配して復讐を提案してくれたが……

──あれは本気なのかな……

豪華に楽しく徹底的な復讐。そんな復讐があるならちょっと面白そうだけど、どんな復讐なのか想像もつかない。

もしかしたら冗談半分の提案だったのかもしれないけど、二人があまりに乗り気だったので、つい依頼してしまった。

──まあ、本気だったとしても、イヤなら断ればいいし。

とにかく、自分のことを気にしてくれる誰かがいるということは、それだけで傷付いた心を癒《い》やしてくれる。

「あ、絵梨ちゃん！」

そろそろエレベーターホールというところで、背後から甘えた声が聞こえた。一瞬で心が警戒態勢に入る。

心の傷が疼《うず》くのを堪《こら》えて振り向くと、案の定、桃花が立っていた。

「安達さん」

「やだ、名前で呼んでいいって言ってるのに」

桃花がそう言って艶《あで》やかに微笑み、こちらへ駆け寄ってくる。

「あのね、絵梨ちゃん。本当にごめんね」

なんとか平静を装《よそお》う絵梨の前に立ち、桃花は可愛らしく両手を合わせた。

「え？」

咄嗟《とっさ》に比留川とのことだろうかと思う絵梨に、桃花が言葉を続ける。

「昨日、絵梨ちゃんが自殺する夢を見ちゃったの」

「……はっ？」

予想外の発言に驚く絵梨に構うことなく、桃花が「本当にごめんね」と眉を下げた。

「なんでそんな夢を見たのか、私にも全然わからないんだけど……絵梨ちゃんがね、

『不幸過ぎて生きているのが嫌になった』って、自殺する夢を見ちゃったの」

「はぁ……」

だからといって、何故それを自分に報告してくるのだ。

あまりのことに、表情を取り繕《つくろ》うのも忘れて桃花を見ていると、彼女がその理由を説明してきた。

「私、嘘とか苦手だから、ちゃんと謝っておきたかったの。だって、そんな酷い夢を見たのに、それを黙っているなんて、すごく悪いことしているみたいな気がして……」

「本当にごめんなさい」と、桃花が、一見すると悲しげに見える顔で見つめてくる。

その姿は、なんの悪意もないと錯覚しそうになるほど、愛らしさに溢《あふ》れている。

——あなたがなにも言わなければ、私は嫌な思いをしなくて済んだんですけど……

でも、それを言葉にすれば絵梨の負けになる。

絵梨が感情のままに言葉を口にすれば、桃花はここぞとばかりに被害者面《づら》をして騒ぎたてるに違いない。

男性社員にウケがよく、部長の愛娘《まなむすめ》でもある桃花に謝られたら、こっちには『許す』という選択肢しかないのだ。

「……いいよ別に。逆に気を使わせてごめんね」

白々しい口調になったのは仕方がないと思う。

「よかった。絵梨ちゃん優しいから、きっと謝ればなんでも許してくれると思ってたんだ」

なんでもを、わざと強調してくるところに仄暗《ほのぐら》い悪意が滲《にじ》んで見える。

「……」

きつく唇を噛みしめて、ざらつく気持ちを必死に抑え込む。桃花は、そんな絵梨の表情を嬉しそうに見つめていた。

その時、郁美が見かねたように口を挟む。

「ねえ、話は終わり？」

財布を振って食事を買いに行きたいのだと意思表示をした。

「あっ！　ごめんなさい」

今、郁美の存在に気が付いた、そう言いたげに大袈裟《おおげさ》なくらい肩を跳ねさせて、桃花が上辺だけの謝罪をする。

「じゃあ、行こう」

郁美がさっさと絵梨を促《うなが》してエレベーターホールへ歩きだす。

絵梨がその後に続こうとした時、桃花が絵梨の手を掴《つか》んだ。

「あのね。許してくれたお礼に、いいこと教えてあげる。……あんまり安っぽい物を使ってたらダメだよ。絵梨ちゃん自身が、男の人から安い女として扱われちゃうからね」

「……」

一瞬、なにを言われたのかわからずキョトンとする。

そんな絵梨に見えるように、桃花は手にしている財布を揺らす。それはブランドにあまり興味のない絵梨でも知っている、フランス発祥の有名ブランド品だった。

絵梨が手にしている財布とは、おそらく一桁は価格の違う品。

「普段使いの持ち物は、女性自身の価値を決めるバロメーターなんだから、もっと自分にお金を使わなきゃダメだよ。ただでさえ、絵梨ちゃんはマイナスからのスタートなんだから」

「――っ！」

――それはどういう意味だ。

絵梨が安物しか持っていないから、安い女として比留川にいいように利用されて、捨てられたとでも言いたいのか。

表情をなくし、自然と財布を握る指に力が入る。

下唇を噛んでぐっと言葉を呑み込む絵梨に、勝ち誇った笑みを残して桃花は去っていった。

――最低。

桃花の人間性も、その桃花に女性として負けた自分も。

このまま桃花に、一方的に感情をえぐられ続けたら、さすがに自分を保つ自信がない。

これがこの先も続くのかと思うと、仕事を続けるのが辛くなるのは目に見えている。

何故自分がここまでの仕打ちを受けなきゃいけないのだろう。絵梨は現状への憤《いきどお》りを覚える。

復讐するは我にあり——グッと唇を噛みしめる絵梨の脳裏に、そう口にした雅翔の表情がふと蘇《よみがえ》る。

彼のように、自信を持って自分の意見を言えるようになりたい。

「なに、あれ……」

怒りを呑み込みつつもそう呟いた絵梨に、郁美が冷めた声で言ってくる。

「目障りだから早く消えろって、言ってるようなものじゃない?」

「……?」

顔を上げた絵梨に、郁美は肩を竦《すく》める。

「比留川が自分のものになって、悔しがる絵梨の顔もじゅうぶん堪能した今、貴女は邪魔だから消えてって、言いにきたんじゃない?」

「えっ!」

郁美に比留川とのことを話したことはない。

驚き、表情を強張《こわば》らせる絵梨の肩を、郁美がぽんと軽く叩く。

「今日は私が奢《おご》るから、どこかのお店でゆっくり食べよう」

そう言って、郁美がさっさと歩き出す。

「えっと……ごめん」

先にエレベーターに乗り込んだ郁美が、絵梨を待ってボタンを押す。そして、申し訳なさそうに肩を落とす絵梨に視線を向けた。

「なにが？　比留川とのことを黙ってたこと？」

コクリと頷く絵梨を郁美が笑う。

「なんでも報告するのが友達ってわけじゃないでしょ。それに私が気付いたのも、比留川の婚約発表の時、絵梨の驚く顔を見てだし。……それまでは、単に比留川のこと好きなのかな？　くらいにしか思ってなかったから」

そこまで気付いていて、なにも言わずに見守ってくれていたんだ。

学生時代、女子に王子様と慕われていたのは、外見だけでなく内面も踏まえてのことだったのだろうと、納得がいく。

「私……郁美が男だったら、惚れてるかも」

「なにバカなこと言ってるの。……まあ、話してくれていたら、こんなことになる前に止めたのにって後悔は残るけど」

郁美が、財布の角で自分の眉間を叩く。

「え?」

「まあ、その辺のことも含めて話してあげるよ。ほら、早く行こっ」

ちょうどエレベーターが一階に着き扉が開いたところで、郁美が絵梨を促《うなが》す。

——郁美の言葉、なんとも言えない含みを感じるな。

嫌な予感を覚えた絵梨は、財布を握り直して郁美の背中を追いかけた。

◇　◇　◇

仕事帰り、絵梨が一葉に顔を出すと、まだ雅翔の姿はなかった。

「よかった……」

昼休み、郁美と食事をしてる時に、雅翔から昨日の話の続きをしたいから今日の帰りに会えないかとメールをもらった。そこで仕事帰りに一葉で待ち合わせの約束をしたのだ。

明確な時刻は決めなかったけれど、待たせるより、待つ方が気楽でいい。

先に到着したことに安堵しつつ、いつものカウンター席に腰を下ろし飲み物を注文した。

そして幸根が自分に背を向けている間に、テーブルランプの下を確認し、メッセージを引っ張り出す。

それは、昨日絵梨が忍ばせたメモではなく、サクラからのメモに代わっていた。

『きっとそのうち、いいことがあるから大丈夫だよ。　サクラ』

見慣れた文字に、ホッと息が漏《も》れる。

「ありがとう」

メモに向かってお礼を言い、それをポケットに忍ばせたところで、店の扉が開く気配がした。

振り向くと、スーツ姿の雅翔と目が合った。

「お待たせ」

雅翔は羽織っていた薄手のアウターを椅子の背もたれに掛け、絵梨の隣の席に腰を下ろす。

その瞬間、ふわりと甘さを含んだ爽《さわ》やかな香りが漂《ただよ》ってきた。

メーカーまではわからないけど、よくある男性用オーデコロンとは違う、深みのある複雑な香りだ。彼の香りに何故かドキリとし、絵梨は焦って言葉を返した。

「いえ、私も今きたところです」

「よかった」

そう言って微笑む雅翔の目尻に、小さな皺《しわ》が出来る。

――なんだか可愛い。

正確な年齢はわからないけど、絵梨より年上なのは確かだ。整いすぎて、まったく隙のない彼の雰囲気が、笑った瞬間に少しだけ幼くなる。そのことに気付くと、意味もなくくすぐったい気持ちになった。

――我ながら、単純だなぁ。

昼間も、桃花の言葉にすごく傷付いた直後に、郁美の優しさに救われた。今だって、サクラのメモに心がほぐされた。

我ながら単純な性格をしているなと思うけれど、それは別に、悪いことじゃないだろう。

辛いことにばかり目がいっていては、心が疲れてしまう。

それに自分の不幸に忙しいと、せっかく自分に向けられた優しさを見落としてしまう。

単純でよかったと、自分の性格を自画自賛している絵梨に、飲み物を注文した雅翔が話しかける。

「会社はどうだった？」

「友達がいるって、いいなって思いました」

「そう。よかったね」

雅翔の声が優しくて、耳に心地いい。

「……」

「で、昨日の話の続きなんだけど、復讐するにしても、まずは、絵梨ちゃんの話をもう少し聞かせて欲しいと思って。……不愉快かもしれないけど、その二人の会社でのこととか、教えて欲しいんだ……」

雅翔が神妙な表情で視線を向けてくる。

そう言われてすぐに、今日の桃花とのやりとりが頭をよぎる。

本当は復讐を断ろうかと悩んでいたけど、さすがに今日のような理不尽な悪意を向けられるのは許せない。もし今後もこうしたことが続くようなら、自分もなにか対策を取るべきなのかもしれないと思った。

そうでないと、心が疲弊《ひへい》していく。

「あの……」

これまでの悔しい思いをどう説明すればいいのかと悩んでいると、喉に言葉がつかえてしまう。

そのもどかしさに、無意識に唇を噛む。そんな絵梨の唇に、雅翔の右手が伸ばされた。

「——っ！」

雅翔は右手で絵梨の頬に触れ、指で唇を押さえてきた。

雅翔の指が触れた瞬間、ひび割れた唇にピリリとした痛みが走る。でもそれ以上に、唇に触れる彼の指に、自分の頬が熱くなったことが気になった。

「唇を噛んじゃ駄目だよ」

「……」

緊張で息も出来ずにいる絵梨を、雅翔は「駄目だよ」と、再び窘《たしな》めて指を離した。

「すみません」

しゅんとする絵梨に、雅翔が気遣わしげな表情を向ける。

「なにか辛いことがあったなら、ちゃんと言葉で話して」

離れてもなお、唇に残っている雅翔の指の感触に、気恥ずかしさを覚える。

その感触を持て余すように自分の唇を指で押さえた。

「すみません、気持ちを言葉にするのが苦手で……」

そう言い訳しつつ、絵梨は、昼の出来事を雅翔と幸根に話した。

財布の件もなかなかの出来事だったが、ランチを取りつつ郁美に教えてもらった話はもっとショッキングだった。彼女によると、比留川は今の部署に異動してくる前から、恋愛関係を餌に、都合よく女性を利用する常習犯だったらしい。

他部署から異動してきた比留川が絵梨に目を付けたのは、たぶん企画部の安達部長が絵梨を買っていたからだと言われた。部長に評価されている絵梨を口説《くど》き、自分の出世のために利用したのだろうと。

そして、桃花もまた学生時代から人の恋人を寝取る常習犯だったらしい。

そんな桃花が、絵梨の恋人である比留川に目を付けたのは、郁美曰《いわ》く、安達部長が絵梨の仕事を褒《ほ》め、見習うように桃花を説教したことがきっかけだそうだ。

『いい子過ぎて損してるわね』

郁美に気の毒そうに苦笑された。けど、絵梨自身は、特にいい子でいた覚えはない。

「絵梨ちゃんの友達は、どうして部長の娘さんの学生時代のことまで知ってるの？　学生時代から知り合い？」

二人の飲み物を淹《い》れ、雅翔と一緒に絵梨の話を聞いていた幸根が素朴な疑問を口にした。絵梨は、それに素早く答える。

「自分でSNSに色々書き込んでいるんです」

昼休みに、郁美に見せられたSNSは、本名は隠してあるが、一読して桃花のものとわかる内容だった。

自分が可愛いから、相手の女の子に魅力が足りないから。そんなつもりはなかったのに、友人の恋人が自分に心移りしてしまう……

そうした言葉が並ぶ桃花のSNSには、絵梨と比留川のことも、随分《ずいぶん》桃花に都合よく脚色して書き込まれていた。

その書き込みによると、絵梨はとっくに愛情の冷めている比留川の同情を引いて、なんとか彼を繋《つな》ぎ止めようと足掻《あが》いている可哀想な女らしい。

「二人とも最低だな」

雅翔の呟きに、仕事をしつつ話を聞いていた幸根も頷く。そして、絵梨に同情的な視線を向けて言った。

「その部長の娘さんって、なかなかいい性格みたいだね」

これまでの桃花の言動を思い出し、絵梨が唸《うな》る。

郁美の言葉を借りるならば、『恵まれた環境に生まれた桃花は、自分を特別な存在だと信じて疑わない』のだそうだ。

特別な存在の桃花は、愛されて大事にされることが当然だし、人を傷付けても構わない。そんな思い上がりが、今の桃花の性格を形成しているのだと、郁美は言っていた。

なかなか手厳しい意見だけど、絵梨の知る桃花の言動からも、そういったことを感じられる面が多々ある。

都内で親と暮らし、お金に不自由したことがない。家事の全てを母親に任せ、お給料を全部お小遣いにしている桃花には、自分の外見を磨くお金も時間もじゅうぶんにあるのだろう。

それ自体は別にどうでもいいのだが、彼女はこれまでも、絵梨に向かって「自分のこと自分でしなきゃいけないなんて可哀想」「地方出身者って、お洒落《しゃれ》にお金使えなくて可哀想」など、同情の体《てい》を装《よそお》って、あからさまに見下した発言をしてきていた。はっきり言って不愉快だ。

「負け惜しみかもしれないですけど、ちゃんと仕事をして、誰にも迷惑をかけずに生活していることは、可哀想じゃないです」

それだけは譲れないと、語気を強める絵梨に雅翔が頷く。

「そうだね」

「ちゃんと自立してる絵梨ちゃんに向かって可哀想って……、その子どんな感覚してるんだよ」

苦い顔をする幸根に、絵梨は困ったように笑う。

「それはきっと、私の家庭の事情に対する嫌味も込められているんだと思います」

「どういう意味？」

「私、両親がいないんです。たぶん、それを彼から聞いて、私のことを『可哀想』って言ってるんだと思います」

隠しているわけではないが、公言しているわけでもない。

両親が早くに離婚して、母方の祖父母に育てられた――そんな断片的な情報で、『可哀想な子』と、決めつけられるのが嫌だったからだ。

「小さい頃に両親が離婚して、どちらも私を育てられない事情があったので、母方の祖父母に育てられました。だけど、大学まで卒業させてもらったし、そのおかげで好きな仕事に就けました。だから自分ではラッキーな方だと思ってます」

正直に言えば、多少の強がりもある。

それでも祖母が言うとおり、人生に幸せも不幸も同じ数だけあるのなら、不幸に溺《おぼ》れることなく、少しでも多くの幸せを見つけられる人でありたい。

だからこそ、離婚後、それぞれ早々に新しい家庭を築いた両親のことも許すことができた。絵梨を重荷に感じながら無理して育てられるくらいなら、好きに生きてもらえてよかったと思うことにしている。

「そういう考え方が出来るだけでも、絵梨ちゃんは間違いなく幸せな人だよ」

雅翔の言葉には、少しの同情も感じられない。

上辺のわかりやすい情報だけで絵梨を判断することなく、絵梨の考え方を踏まえて肯定してくれていることが嬉しい。

「ありがとうございます」

お礼を言ってカップを手にする。そんな絵梨の視線の先で、幸根が腕組みした。

「なにも知らずに、生《お》い立ちだけで可哀想と見下すとか、ブランド物の財布持ってるだけで勝ち誇るとか……、その部長の娘さんは、なかなかにムカつく存在だな」

「確かに」

幸根ほどの激しさはないが、雅翔も渋い顔で頷く。

「しかしブランド物を持ってるのが、そんなに偉いのかねえ」

呆れる幸根に、雅翔がパチンッと、指を鳴らした。そして、その指を絵梨に向ける。

「手始めに、そこから始めようか？」

「え？　どこからですか？」

不思議そうに首をかしげる絵梨に、雅翔が目尻に皺《しわ》を作って微笑む。

「復讐だよ。その自慢大好きな部長の娘さんに、悔しい思いをさせるっていうのはどう？」

そう言われて、復讐のことを思い出した。

確かにこのままやられっぱなしは辛いので、少しぐらい復讐をしたい気持ちになっている。

桃花を悔しがらせる。もしそれが成功すれば、プライドの高い桃花のことだ、しばらく絵梨と距離をおいてくれるかもしれない。

——それはちょっと嬉しいかも。

思わず表情が明るくなる。そんな絵梨を見て、雅翔も表情を明るくする。

「でもどうやって、悔しい思いをさせるつもりですか？」

その方法が思いつかない絵梨に、雅翔が得意げな顔をする。

「今は秘密。……でも俺にいい考えがあるから、方法は任せてくれない？」

「……」

どんな方法なのか気になる。そう思いつつ絵梨は頷いた。

「さっそくだけど、絵梨ちゃん、今度の週末はなにか予定はある？」

「土曜日も日曜日も、なにも予定はないですけど……」

「じゃあ両方、俺と出かけるから空けといて」

雅翔は、そのまま待ち合わせ時間を決めていく。

よくわからないけど、なにか思いついたらしい。その証拠に、彼の端整な顔には悪巧みを楽しむような笑みが浮かんでいる。

「あの、どこに行くんですか？」

「それは、当日までの秘密」

唇に人差し指を当てる雅翔は、絵梨がいくら聞いても詳細を教えてくれなかった。

困り顔で黙り込む絵梨を見て、雅翔は楽しそうに目を細める。

その表情が本当に楽しそうなので、絵梨はその表情を壊してしまうのが嫌で、それ以上の追及を諦めた。

「わかりました。じゃあ、楽しみに週末を待つことにします」

「うん。そうして」

微笑む雅翔に、絵梨も頷き返した。

◇◇◇

「今日はメッセージなかった？」

絵梨が帰った後、テーブルランプの下を確認する雅翔に幸根が聞く。

「まあ、必ずメッセージを残すって決めてるわけじゃないし」

そう返しつつも、がっかりする表情をごまかしきれない。

雅翔の内心を見透《みす》かしている幸根が、ニヤニヤと笑った。

「そんな顔するなよ」

「これが普通の顔だよ」

「じゃあ、さっきまでのお前が、よっぽどニヤけてたってことだな」

ああ言えばこう言う。眉を寄せてため息を吐く雅翔に、幸根が苦笑しながら声をかける。

「もう、一年以上になるな」

「なにが？」

「お前と絵梨ちゃんが知り合ってから」

雅翔は、カップとソーサーの間に敷いてあるピンク色の和紙を引き出す。

桜の花びらの形に切り抜かれた和紙を照明にかざすと、絡《から》まり合った繊維《せんい》の中に金箔《きんぱく》が透《す》けて見えた。

「よくそんなに続いてるよな」

「そうだな……」

絵梨との間で交わしたメッセージの数々を思い出しつつ、雅翔が口元で笑う。そんな雅翔をからかうように幸根が言った。

「お前が来るようになってから、もう一年以上か。まったく、店をオープンさせたのは去年の春だったのに、半年近くも顔を出さないなんて、薄情な奴だよな」

「だから、忙しかったんだよ」

信頼しきっていた幸根の抜けた穴が大きくて、体制を整えるのに苦労していたとは口にしたくない。

雅翔は、悔しさを悟られないようにそっぽを向く。

「まあ、頼りになる俺が辞めて、困り果ててたんだよな。お前、なんでもかんでも自分で背負い込んで、いっぱいいっぱいになるタイプだもんなあ」

幸根に見透《みす》かされて、顔をしかめる。

「……」

幸根とは、殿春総合商社の同期だった。

周囲が次期社長の雅翔の扱いに戸惑う中、幸根だけは違っていた。

入社当初から「カフェの開店資金を貯めたらすぐに辞める」と公言していた幸根は、雅翔に媚《こ》びることも遠巻きにすることもなく、ただの同期として雅翔に接してくれた。

そして彼は宣言どおり、就職から五年で会社を退職し、このカフェをオープンさせたのだ。

一緒に仕事をしていた頃の幸根は、いい意味で肩に力が入っておらず、効率重視のスマートな仕事ぶりで非常にやりやすかった。

だからこそ、幸根が仕事を辞めた直後は、虚栄心と出世欲の強い部下とのやりとりに疲れ、仕事も気持ちもいっぱいいっぱいで身動きが取れなくなっていた。

特に、幸根の後任として自分の補佐に就いた部下には、悩まされた。

その部下は、大手総合商社への就職が、双六《すごろく》で言う「あがり」の状態だと思っている節があった。だからか、無事大手企業に就職をした自分は完璧な状態なのだから、今さら成長も努力もする必要がないと、言外に匂わす働き方が目についた。

自尊心が強過ぎ、仕事ぶりを否定されるたびに拒絶反応を起こしていたのだ。

例えば、整理を頼んだ資料の仕上がりが不十分で雅翔が手を加えたら、「自分なりに頑張ったのに」「それなら自分でやればいいのに」と、露骨《ろこつ》に不機嫌な態度を取ってくる。

そうかと思えば、「もっと責任のある仕事を任せてください」と言うので任せたら、期限ギリギリに「頑張ったけど、やっぱり無理でした」と、突き返された。

当時の大変さをまざまざと思い出し、雅翔が唸《うな》る。

「あの頃は本当に、大変だったんだよ」

件《くだん》の部下は、雅翔が自分の努力を評価しないことに不満な様子だった。だが、雅翔の考えとしては、頑張っただけで褒《ほ》められるのは学生までだ。

何度、「小学校の持久走じゃあるまいし、仕事は頑張ればいいってものじゃないからな」と、怒鳴りたくなったことか。

しかし、雅翔の立場でそれをすれば、パワハラと騒がれかねない。だから雅翔はひたすら堪《こら》えて、孤軍奮闘《こぐんふんとう》仕事に励《はげ》むしかなかったのだ。

「俺って、いい社員だったでしょ」

幸根がニヤリと笑う。

「ああ。心からそう思うよ」

幸根はいつも「給料分の仕事しかしない」と、公言していた。そしてその言葉のとおり「努力を褒《ほ》めてもらうため」ではなく「賃金に値する働き」をしていた。

もし幸根が、殿春総合商社での出世を望んでいたら、下手《へた》をすれば雅翔より早く上にいっていたかもしれない。

相手の軽口に対し真面目に頷く雅翔に、幸根が照れたように口をつぐむ。

一緒に働いている頃はそんな風に考えてはいなかったが、雅翔にとって幸根は、社会人になって最初に出会ったよきライバルと呼べる存在だった。

「お前が会社を辞めた時は、本当にもったいないと思ったよ」

――そんな幸根に、ここまでの料理の才能があるとは思わなかったが……

幸根が殿春を辞めてカフェを始めると聞いた時、一度は引き止めた。だが、いざ店に来てみると、その料理の腕前に驚かされた。

そのおかげで、こんな風に常連客として足繁《しげ》く通っている。

――まあ、この店に通っているのは、それだけが理由じゃないけど。

ひょんなことで繋《つな》がった絵梨との縁が切れるのが怖くて、時間を作っては一葉に通い、メッセージを書き残しているのだ。

雅翔は、手にしたままのピンク色の和紙を見つめる。すると、カウンターから伸びてきた手に、それを取り上げられた。

「でも、絵梨ちゃんと知り合えたの、これのおかげなんだから、今は俺が店を開いたことに感謝してるだろ？」

幸根が、店の壁に掲《かか》げられている小さな黒板に向かって顎《あご》をしゃくった。

そこには、可愛い文字とイラストで『よかったら、メッセージを書いてください』と書かれている。カップとソーサーの間に敷いてある、桜の花びら形の紙にコメントを書き込むよう促《うなが》しているのだ。

「感謝って……。単に偶然が重なっただけだろ」

「俺がこの紙にお前の気持ちを代弁してやったから、絵梨ちゃんとの縁が繋《つな》がったんじゃないか」

幸根がそう言って胸を張る。

「まあ……」

確かにそのとおりなので、相手の言い分を認めるしかない。

そう、まさに幸根の悪ふざけともいえる行動から、二人のやりとりは始まったのだ。

◇◇◇

始まりは、一年と少し前のある日。

幸根の後任である部下との軋轢《あつれき》に悩む雅翔が、息抜きがてら、言いそびれていた開店祝いを言うべく、一葉を訪れた時のことだった。

そこそこ賑《にぎ》わう店のカウンター席の端に座り、コーヒーを飲みつつ幸根の手が空くのを待っていると、片付けそびれたと思われるカップに気が付いた。

見るともなしに視線を向けると、カップとソーサーの間に挟まれた紙に文字が見えた。

——なんだ？

不思議に思い、紙を引っ張り出すと、桜の花びらの形をした紙に、バランスのよい女性的な文字で、この席の木目にハートの形をしたものがあると書かれていた。

その言葉に誘われて手元に視線を向ける。すると、確かに木目の中にハート形に見えるものがあった。

「ほんとだ……」

さっきからここに座っていたのに、メッセージの主に教えられるまで気付きもしなかった。まるでこのメモを合図に浮き出たように、突然存在感を放ち始めた木目を指で撫で、つい小さく笑ってしまう。

気付いたら「絵梨」と、メッセージの主の名前を声に出していた。

ちょうどカップを片付けに来た幸根が、耳ざとく雅翔の呟きを聞きつけ、絵梨について教えてくれたのだ。

彼女はこの店の常連で、いつも些細《ささい》な楽しいことを見つけてはメッセージを残していってくれるのだという。

なんとなく興味を引かれた雅翔は、店に保管してあるメッセージを纏《まと》めて見せてもらった。その中から探し出した、「絵梨」という女性のメッセージは、確かにどれも明るく楽しそうなものばかりだった。

「……」

彼女のメッセージを読んでいるだけで、口元がほころぶ。

心身共に疲れ果てている雅翔と違い、彼女の見ている世界は、きっと鮮やかで優しい色彩をしているのだろう。そんなことを考えながら絵梨のメッセージを眺めていると、ピーク時が過ぎて手の空いた幸根が、雅翔のコーヒーに視線を向け、「お前もなんかコメント書けば？」と、ペンを差し出してきた。

雅翔の使っているコーヒーカップとソーサーの間にも、絵梨のものと同じ桜の花びら形の紙が挟まっている。

「いいよ。彼女みたいに、文字にするほど楽しいこともないし」

最近の雅翔は、気が滅入《めい》るばかりで、彼女のように他人に優しい気持ちを分けてあげられるようなエピソードを持ち合わせていない。

そう話す雅翔は、そのままの流れで後輩との軋轢《あつれき》を幸根に報告した。

聞き役に徹する幸根は、雅翔の話を聞きながら、手にしていたペンで文字を綴《つづ》る。

【「無理です」「出来ないです」って言った者勝ちの仕事って悲しい。

私は、そんな風に仕事を投げ出したりしたくないよ。　サクラ】

普段の幸根の文字を知っている雅翔が、思わず笑ってしまうほどの丸文字だった。

「なんだその丸字は。しかもサクラって……」

思わず突っ込む雅翔に、幸根がしれっと答えた。

「桜庭雅翔君のサクラ。ちょっとした遊びだよ」

「くだらない」

雅翔が吐き捨てた。

「たまには弱音吐けよ」

幸根がずる賢いキツネのような目をして笑う。

「弱音を吐いてもしょうがないだろ」

それで事態が改善されるわけでもないのだから。

そう返す雅翔は、メッセージを幸根から取り上げ、それをちょうど目の前にあったテーブルランプの下に挟んだのだった。

その時の雅翔は、サクラのメッセージカードは、その場限りのお遊びで終わるものだと思っていた。

それが思わぬ方向に転がったのは、幸根が片付けそびれたそのメッセージに、返事がきたからだ。

数日後、雅翔のもとに「サクラちゃんにメッセージ届いているよ」と、幸根から連絡が来た。すでに、サクラのメッセージのことなど忘れていた雅翔は、最初意味がわからなかった。

なんのことだろうと思いつつ一葉を訪れる。テーブルランプの下に挟まれた桜の花びら形のメッセージカードを見つけて、やっとなんのことか理解した。

――こんなメモに、返事をくれる人がいるとは……

そう思いつつメッセージを見ると、そこには見覚えのある字でこう綴《つづ》られていた。

【頑張った人が負けというなら、私は負け組で頑張りたいな。
だから、サクラちゃんも頑張って!!　絵梨】

殿春総合商社の跡取りとして、弱音を吐いてはいけない。弱音を吐かないのだから、自分の苦労は誰にも理解されない。そう思い込んでいた。

だが、期待したこともなかった『誰か』の共感が、そこにはあった。

しかもその『誰か』が、この前、コメントで心を癒《い》やしてくれた「絵梨」だった。

思いがけない「絵梨」からのメッセージに、自然と口元がほころんでいく。

そんな雅翔の表情を見て、幸根が新しいカードを取り出した。そして……


【ありがとう。頑張っているのは自分だけだって、いつの間にか思い込んでいたみたい。絵梨ちゃんの言葉に励《はげ》まされました。　サクラ】


幸根の行動を眺めながら、雅翔はそれを止めようと思わなかった。

そして、このやりとりを機に、サクラと絵梨の、短いメッセージ交換が始まったのだ。

幸根は雅翔に自分で文字を書くよう勧めることなく、絵梨のメッセージを読み上げては、雅翔のメッセージをサクラとしてカードに綴《つづ》ってくれた。

絵梨からのメッセージは、日常の些細《ささい》な報告が多い。

一葉の近くで見かけた犬の話や、美味《おい》しいお菓子の話。一葉のメニューの中で絵梨が気に入っているもの。そしてそれをより美味《おい》しく食べるためのアレンジ方法など……

絵梨が日常の中で、ふと幸せを感じるものをこっそり教えてくれた。

楽しいものは楽しい。好きなものは好き。

そんな素直な自分の思いを、飾らぬ言葉で綴《つづ》る絵梨のメッセージは、虚栄心の強い者が多い職場で働く雅翔の心を、温かく癒《い》やしてくれていた。

些細《ささい》な幸せを積み重ねていける絵梨の存在を好ましく思うのに、それほど時間はかからなかった。

だが、やりとりを続けていく中で、絵梨が職場の男性に好意を持ち、その思いを成就させたことを知った。

幸根がそのメッセージを読み上げた時、なんとも言えない重いため息が漏《も》れたものだ。

その時は、何故ため息が出たのかわからなかった。

いや。本当はわかっていたのだろう。でも顔も知らない、自分をサクラという女の子だと思っている年下の女性に抱くような感情じゃないと、心に蓋《ふた》をした。

幸せであって欲しいと思う人が、幸せだと言っている。それでいいではないかと、自分を無理やり納得させたのだ。

そんなある日のこと。

雅翔は会社で後輩と決定的にすれ違ってしまい、どうしていいかわからなくなった。

そもそものきっかけは、自分が指導に当たっている後輩が、納期までに仕事を処理できなかったことだ。それも、雅翔の処理速度で考えたら、じゅうぶん過ぎる余裕を持って任せた仕事だったのに。

それまでも彼の仕事の遅さに苛立っていたこともあって、雅翔は自分でその仕事を処理してしまった。

そして後輩には「無理なら頼まないから、せめて、出来ないなら出来ないと言ってくれ」と伝えた。

雅翔の言葉に、彼が傷付いているような気がした。けれど、それならどう対処するのがよかったのか、自分にはわからなかった。

【正しいことをそのまま口にしたら、ダメなのかな？　私はちゃんと自分の仕事をしてる。
相手にだって、出来ること以上を求めたことはないのに。　　サクラ】

雅翔の思いを幸根が代弁した、小さなメモ。そして絵梨から戻ってきたメッセージに、雅翔は言葉を失った。

【正しいことを口にするのは、決して悪いことじゃないです。
でも、追いつめられた人に正しい言葉で主張すると、
お互い苦しくなることもあるよ。　　絵梨】

短いメッセージに込められた真摯《しんし》な気持ち。

雅翔には、絵梨の言葉が痛かった。

出来ないなら、無理して手伝ってくれなくていい。自分はそれをすることが当然だと思うから、頑張っているだけだ。

そう思い込むことで、これまで雅翔は頑張らない奴らを否定し、追いつめてきたのかもしれない。

絵梨のメッセージに目を見開く雅翔の顔を、幸根がニヤニヤと覗《のぞ》き込んでくる。

「おっ、絵梨ちゃんに目覚めの一撃もらった感じ？」

咄嗟《とっさ》に否定したが、幸根の言うとおりだった。

絵梨のメッセージを読んで、なにかに気付かされた気がした。

雅翔はすぐに、部下とゆっくり話し合う時間を作り、彼の真意を聞き出した。そこで、「桜庭さんに会うまでは、俺だって自分を『なんでも出来て当たり前の人間』だって、思っていました」と、悔しげに打ち明けられたのだ。

自分の振る舞いが、相手を酷く傷付けていたことに気付かされた瞬間だった。

それ以降、雅翔は部下に対する接し方を考えるようになった。

そして、きっかけをくれた『絵梨』という存在を、いつしか特別に思うようになっていた。

最初はただポジティブな人なのだと思っていた絵梨の中に隠れていた、しなやかな強さに、心が惹かれていくのを止められなかった。

◇　◇　◇

絵梨とのこれまでのことを思い出す雅翔の隣に腰掛け、スマホを操作していた幸根が嬉々《きき》とした声を上げた。

「あっ、あった！　これだ」

そう言って、幸根が雅翔にスマホを差し出す。

「んっ？」

何気なくその画面を見ると、見知らぬ女性のSNSのコメントが並んでいる。

「これが、絵梨ちゃんの言ってた、部長の娘さんのアカウントみたいだね」

「ああ、よく見つけたな」

「俺、こういうの得意だから。店の宣伝にも、ネットコミュニケーションは欠かせないからね」

「なるほど」

納得し、スマホの画面をスクロールさせていく。たくさんの写真と代わり映えのしない騒がしいコメントが並んでいた。

「…………なんか、本当に自分が大好きみたいだな」

自慢話ばかりが並ぶ書き込みに、指を動かすことが面倒になってくる。

つまり、このSNSの主は、自分がいかに周囲に愛され、リッチで充実した生活を送っているかを宣伝しないと気が済まないらしい。

「ついでに、ブランド物も大好きそうだね」

アップされているブランド品の数々をチェックしながら幸根が言う。

その意見を聞いた雅翔が、鼻先で笑う。

「……どうした？」

「いや。……金持ち自慢が好きなら、悔しがらせるのは簡単だと思って」

優良企業とはいえ、中小企業の部長の娘に、自分が財力で負けるわけがない。

そう嘯《うそぶ》く雅翔に、幸根が苦笑いを浮かべる。

「お前今、爽《さわ》やかに好感度下げたぞ」

「そうか？」

しかし事実は事実だ。

一流企業である殿春総合商社社長の一人息子として、父の溺愛のもと早くから経営ノウハウを叩き込まれてきた。おかげで雅翔は、二十九歳の若さで海外戦略本部の副部長という肩書きを任されている。

だが同時に、入社当時から、ひがみやプレッシャーという、いらぬ荷物を背負わされ続けてきた。二十代前半から面倒な立ち回りを余儀なくされてきた代償として、それ相応の対価は貰っている。

さらに、親の教育方針として学生時代から株式投資をしており、その収入も相当あった。

これまで、財力をひけらかしたいと思ったことはないが、それが役に立つというなら使わない手はない。

最初から勝負になどならない、と笑う雅翔に、幸根が呆れた様子で笑った。

「お前って、キレるとけっこうヤバイよな」

「大事だと思えるものを、当たり前に大切にしてあげたいだけだよ」

たわいないメッセージのやりとりの中で、雅翔は絵梨から大事なことを教えられた。

彼女は一生知ることはないだろうけど、雅翔にとって絵梨は、自分の心を救ってくれた恩人なのだ。

そんな彼女を理不尽に傷付けた奴らを、懲《こ》らしめたいと思ってなにが悪い。

そう話す雅翔に、幸根は「その後は？」と、問いかける。

「その後？　とりあえず、彼女が元気になるまで側にいてあげたいと思うよ」

「いや、そうじゃなくて、その後だよ」

「……？」

「絵梨ちゃん、フリーになったけど？」

その一言で、幸根の言わんとすることがわかった。

雅翔が絵梨を絵梨として認識したのは、つい最近のことだ。

偶然同じタイミングで一葉に来店した時、こっそり幸根が教えてくれたのだ。

でも、声をかけようとは思わなかった。絵梨が幸せならそれでよかったし、絵梨がサクラを女の子だと思っていることも知っていたから。

今さら雅翔が「実は俺がサクラです」と、名乗り出ることに意味はない。きっと絵梨を無駄に戸惑わせるだけだ。

だから雅翔の中にある絵梨への感情は、明確な形を持つことなく、いつしか消えていくものなのだと思っていた。

絵梨の恋人の酷い裏切りによって、状況が一変するまでは。

「頑張れよ」

幸根が訳知り顔でエールを送ってくる。

「頑張ればどうにかなる問題じゃないだろ」

フリーになったとはいえ、彼女は失恋で傷付いている。しばらく恋愛はこりごりだと思っているかもしれない。

「でもさ、頑張らないとなにも始まらないんだから、頑張るしかないだろ。せっかく見つけた運命の恋かもしれないんだから」

「頑張んなきゃ始まらないなんて……運命とは呼べないよ」

苦笑いを浮かべる雅翔に、幸根がいやいやと首を振る。

「俺が思うに、運命は、自分で手繰《たぐ》り寄せるものだよ」

「……」

「必死に手繰《たぐ》り寄せたいと思えるものに出会えた——それがもう運命なんだよ」

そう言いきると、幸根が雅翔に向かって決め顔を作る。

「お前、自分の台詞《せりふ》に酔ってるだろ」

雅翔が呆れた視線を向けても、幸根に恥ずかしがる気配はない。

自分だったら、そんな台詞《せりふ》、恥ずかしくて言えないだろう。

しかも、ただの偶然を、「運命」と言うことなどとても出来ない。

自分は、心を救ってもらった恩返しとして、絵梨に元気になって欲しいだけだ。

そう思う反面、心のどこかで、絵梨に自分の思いを告げたらどうなるのだろうか、と期待せずにはいられなかった。

——なんだろう……

絵梨と関わっていると、心が落ち着かない。

そして、その落ち着きのなさを楽しんでいる自分がいた。

3　復讐とデート

復讐の手始めに……と、雅翔と出かける約束をした週末。

絵梨が約束の時間に一葉を訪れると、すでに雅翔の姿があった。焦って駆け寄ると、席に座る間もなく外に連れ出される。

自然な流れで雅翔に手を引かれ、そのまま手を繋《つな》いで歩く。だが、すぐに彼がコインパーキングに入っていき、絵梨は思わず戸惑いの声を上げた。

「あの、車で出かけるんですか？」

「車はダメだった？　電車で移動する？」

一台の車の前で足を止めた雅翔が、絵梨を振り返って聞いてくる。

「いえ、車は平気なんですけど……なんて言うか……」

言い淀《よど》む絵梨の視線の先には、車をよく知らない人間でもわかるような高級外車が停まっていた。

――これが、雅翔さんの車？

戸惑う絵梨の目の前で、雅翔はリモコンキーでドアロックを解除した。

「なんて言うか、なに？」

助手席のドアを開け、自然な仕草で絵梨を助手席に促《うなが》しつつ雅翔が聞いてくる。

「なんて言うか、何でも屋さんって、こんなすごい車に乗れるんですね……」

「ああ……」

絵梨がそう聞いた瞬間、雅翔が口元を手で覆《おお》い「そうだった」と、呟くのが見えた。

――そうだった……？

その言葉の意味を考えているうちに、彼は助手席のドアを閉め、運転席に回ってくる。

「何でも屋さんって、貧乏なイメージ？」

運転席に乗り込んだ雅翔が、からかうような視線を向けてきた。

「えっ……」

そう言われると、答えに詰まってしまう。

「俺、けっこう稼いでる何でも屋さんだから」

「はあ……」

笑顔で言われてしまい、絵梨は「そうですか」と、返すことしか出来なかった。

そんな絵梨に、雅翔が苦笑しながら付け足してくる。

「一応、営業で外に出るから、持ち物には気を使ってるんだよ」

なるほどそうか。営業マンだから身だしなみ同様、車もいいものを……。それにしたって高過ぎるのではないだろうか。

「ああ……」

「納得してくれた？」

「えっと……」

気持ちがそのまま顔に出ていたのか、彼女の表情を確認して雅翔が笑う。

「けっこう、疑《うたぐ》り深いなぁ」

その口調が楽しそうで、絵梨の心を弾ませた。

ふと気が付けば、男の人の運転する車の助手席で、自然にくつろいでいる自分がいる。

「とりあえず、納得しておきます」

これ以上追及して、この楽しい空気を壊したくないと思った。

絵梨はシートベルトを装着して隣を見る。その時、雅翔が突然「ああ、そうだ」と呟き、絵梨の方へ体を倒してきた。

「――っ！」

自分の膝の上に身を乗り出す雅翔に驚いて、絵梨が背中を反らす。でもシートに背中を預けている状態ではたいした意味がない。

シートの上で硬直する絵梨の様子に気付くことなく、雅翔は車のダッシュボードを開ける。

中を探る雅翔の髪が鼻先に触れると、彼特有の香水の匂いがして落ち着かなくなった。

絵梨が緊張で息も出来ずにいると、「あった」という呟きと共に彼の体が離れていく。

そして姿勢を直した雅翔が、絵梨の右の手のひらになにかを載せてきた。

「よかったら、これ使って」

見ると、絵梨の手のひらに、小さな箱が載せられていた。フロントガラスの向こうに広がる冬の空のような、薄い水色の箱。

「あの、これは……？」

指輪でも収まっていそうな大きさの箱だ。

――まあ、雅翔さんから指輪を貰うわけがないんだけど。

一瞬でも指輪を連想してしまった自分が恥ずかしくなる。

「開けてみて」

一人勝手に照れる絵梨を、雅翔が促《うなが》す。

促《うなが》されるままに箱を開けると、中には円筒形の銀色のケースが収められていた。

表面に螺鈿《らでん》のような繊細な装飾が施《ほどこ》された銀色のケース。その蓋《ふた》を回して中を見たら、蜂蜜《はちみつ》色のクリームが入っていた。

「クリームですか？」

「そう。リップクリーム」

「リップクリーム？」

スティックタイプのリップクリームしか知らない絵梨は、容器に入ったこれが、リップクリームとは思わなかった。

扱いに困っている絵梨に、雅翔が言う。

「天然オーガニックの商品で肌に優しいし、保湿効果が高いらしいからハンドクリームとしても使えるって店の人が言っていた」

「そうなんですか……」

その言い方から察するに、雅翔が直接これをどこかの店に買いに行ったということだろうか。

――私のために？

そんなわけないか。即座に否定しつつ、雅翔と手元のクリームを見比べる。

すると雅翔が、「こうやって使うんだよ」と、クリームを右手の小指で少し掬《すく》った。

そのまま左手で絵梨の顎《あご》を持ち上げると、小指の腹で絵梨の唇にクリームを塗る。

「――っ!?」

雅翔の小指が、絵梨の唇の上を滑《なめ》らかに移動していく。

下唇を塗った後、上唇へ移動していく雅翔の指。その温度と、微《かす》かに引っかかる爪の感触に、息苦しいくらいドキドキしてしまう。

男性に指で唇を撫でられるのは、キスをされるよりも艶《なま》めかしいかもしれない。

しかもリップを塗り終えても、雅翔の指はなかなか離れようとせず、そのまま絵梨の唇の上に留まっている。

唇に感じる雅翔の指の温度を意識して、じわじわと体全体が熱くなっていく。

「……あの」

絵梨は押さえられた唇を不自然に動かして声を出した。

「どうかした？」

絵梨が戸惑っていることぐらいすぐにわかりそうなのに、雅翔は悪戯《いたずら》な眼差しを向けてくるだけだ。

――駄目っ！　恥ずかしくて息もできないっ！

指をどかしてください。そう頼みたくても、そのために唇を動かすのも恥ずかしい。

頭を後ろに引いて距離を作ればいいのかもしれないけど、シートに背中を預けた状態ではそれが叶わない。

それから数秒、絵梨の唇の上にあった雅翔の指が、フッと離れる。

「こうやって数秒間、指で温めると、クリームがよく馴染《なじ》むらしいよ」

「……」

そういうことか。必要以上に緊張した自分が恥ずかしい。

「塗った感じはどう？　痛かったり痒《かゆ》かったりしない？」

そう優しく視線を向けられると、それだけでまた息苦しくなった。

「大丈夫です……」

雅翔の指が触れていた場所を自分で確認すると、なんだか変に緊張する。

「よかった。この間、唇が痛そうだったから……。貰ってくれる？」

おずおずと視線を合わせると、雅翔の目尻に皺《しわ》が寄っているのが見えた。

その表情に、心がくすぐったくなる。

「あ、ありがとうございます」

突然のことに動揺して、お礼を言うのが精一杯だった。

そんな絵梨に、雅翔が嬉しそうに微笑む。

「じゃあ、行こうか……」

そう言って、彼は車を発進させた。

雅翔が絵梨を連れて行ったのは、老舗《しにせ》百貨店や高級ブランドの直営店が軒《のき》を連《つら》ねる、ある意味お洒落《しゃれ》に必要な店が集約されているエリアだった。

「人が多いから」

車を降りると、雅翔が自然に手を差し伸べてくれる。

絵梨がその手をためらいがちに掴《つか》むと、雅翔は彼女の手を引いて歩き出した。

最初に雅翔が案内したのは、フランス発祥の有名ブランドの直営店だ。

店の存在は知っていても、ブランドの知名度と、高級な店の雰囲気に気後《きおく》れして、これまで中に入ったことはなかった。

「え、あの、雅翔さん……！」

尻込みする絵梨に構わず、雅翔はどんどん店の中へと入っていく。

「この場合、まずは財布だよね」

雅翔はそう呟いて、恭《うやうや》しく出迎える店員に声をかける。

店員は、雅翔の言葉に数回頷くと、丁寧に二人を店の奥へと案内していった。

そうして二人を椅子に座らせた後、一旦側を離れる。しばらくして戻ってきた店員が、目の前のテーブルにいくつかの財布を並べていった。

──うわ……手袋して商品を扱ってるし……

手袋をしなきゃ触れないものを目の前に並べられても、扱いに困る。

商品を並べる店員は、緊張して落ち着かない様子の絵梨に上品に笑いかけると、一つの財布を雅翔にすすめる。

「これなどはいかがですか？　最新のデザインでございます」

すすめられた商品を品定めすることなく、雅翔が首を横に振る。

「こういう奇をてらったのは、彼女に合わない気がする」

雅翔の言葉に、店員は、今度はスタンダードな別の財布をすすめてきた。雅翔は今度はそれを手にして、慣れた様子で品定めをしていく。

「こちらも同じく新作ですが、女性的なラインが美しく人気がありますよ」

「うん。いいね」

雅翔の反応を見計らって、店員が「国内への入荷数が少ないので、希少性も高い商品になります」と、情報を補足する。

「絵梨ちゃん、こういうデザインはどう？」

「え、どうって……」

雅翔が笑顔で差し出してくる財布の値段に、絵梨は顔を強張《こわば》らせた。

絵梨が今使っている財布の軽く十倍はする。

「ん？　デザイン、好みじゃない？」

差し出された財布を恐る恐る受け取り、デザインを確認する。

革の質感も縫製《ほうせい》の丁寧さも、普段使いの財布とは格段に違うことが一目でわかった。

ブランドとしてのネームバリューだけではない、工芸品としての美しさに心惹かれる。

どれだけ大金をはたいても納得がいく素晴らしい品だ。

思わずじっくり財布を眺めていると、雅翔に「どう？」と、再び感想を求められた。

「絵梨ちゃんは、この品をどう思う？」

「……高価で、私の身の丈には合ってないように感じます」

恐縮して話す絵梨に、雅翔がゆっくりと首を横に振る。

「そうじゃなくて、ブランドとか関係なしに、財布としてどう思った？」

ああ、そういうことか。絵梨は、手に持った財布に目を落とす。

「すごく丁寧な造りをしていると思います。革の手触りも滑《なめ》らかだし、縫い目も細《こま》かく丁寧で……。一つ一つ職人さんが手作りしているだけあると思います」

ブランド品に縁の無い絵梨でも、このブランドの商品が一つ一つ職人の手作りであることくらいは知っている。

そして、こうやって商品を手に取ると、その価値の意味がよくわかった。

絵梨の素直な感想に、店員は「ありがとうございます」と、軽く会釈《えしゃく》をする。

雅翔も、嬉しそうに目を細めた。

「そうなんだ。仕立てのいいものは、それだけ職人の手間暇がかけられているんだよ。勘違いしている人も多いけど、ブランド品は高いからいいんじゃない。それだけの手間暇がかけられているから高いんだよ」

雅翔の言葉には、職人に対する尊敬の念が感じられた。

「雅翔さんは、ブランド品が好きですか?」

ブランドについて話すと、ついブランド自慢が大好きな桃花の顔が脳裏に浮かぶ。

絵梨の質問に、雅翔は微笑んで頷いた。

「好きだよ。でも、高い物が好きなんじゃなくて、誰かの丁寧な仕事を感じられる品が好きなんだ。一流ブランドと呼ばれるものには、それ相応の研鑽《けんさん》を重ねた歴史がある。だから、その商品を作るために真摯《しんし》に費《つい》やされた時間への敬意として、相応の対価を支払うのは当然だと思ってる」

「ああ……」

桃花のせいで、虚栄心の象徴のように感じていたブランド品への印象が変わる。

「それに、品物を買うことで、職人の暮らしを守ることにも繋《つな》がる。そういう意味では、俺は高い物が好きだよ」

単なる偏見で、ブランド物は無駄に高い物だと思っていた自分が恥ずかしくなった。

雅翔のような人に使ってもらえる品は、とても幸せだと思う。

「なんだか、ブランド物に対する価値観が変わりました」

「そう。よかった。じゃあ、これを」

雅翔はそう言うと、絵梨から受け取った財布を店員に渡す。

そして今度は、キーケースと名刺入れを選び始めた。

「えっ……っえっっ……ちょっとっ」

――財布だけでもなかなかな金額なのに、さらに、他の商品まで……!?

にわかに焦る絵梨をよそに、雅翔は自分の財布からカードを取り出した。

「え、あの、雅翔さん……!?」

とてもじゃないが、自分で払いますとは言えない金額だ。

とりあえずは購入をキャンセルしてもらわねば、と挙動不審になる絵梨に、雅翔が楽しそうな視線を向ける。

「ファーストネームと……苗字はイニシャルでいい？」

「はい？」

なにを言われたのかわからず首をかしげたら、雅翔はそれを承諾のサインと受け取ったらしい。慣れた様子で紙に文字を書き綴《つづ》り、笑顔の店員と文字の見本を見ながらなにやら話し合っている。

しばらくして雅翔は満足そうに、「じゃあそれで」と、店員と話を纏《まと》めてしまった。

雅翔からカードを預かった店員は、二人に恭《うやうや》しく一礼して、店の奥へ下がっていく。

「あの……、今のはなんですか？」

店員と雅翔がなにを話し合っていたのかわからない。キョトンとする絵梨の耳元に顔を寄せ、雅翔が楽しそうに囁《ささや》いた。

「今買った商品に、絵梨ちゃんの名前を刻印してもらうんだ。これで返品もキャンセルも不可能になったね」

悪戯《いたずら》を成功させた子供のように、雅翔が目を細める。

「ええっ！」

——そんなウソでしょう……⁉

焦って席から立ち上がった絵梨の手を雅翔が掴《つか》み、「手遅れだよ」と、笑う。

「そんな、だって……」

「お金のことを気にしているなら、心配しなくていいよ。これは、俺からのプレゼントだから」

「こんな高いものを、いただく理由がありません」

戸惑いつつも即座に断る絵梨に、雅翔が首を横に振る。

「俺には贈る理由があるから」

「え？」

——会ったばかりの雅翔から、プレゼントを贈られる理由？

「失礼いたします」

その時、店員が二人分の飲み物を運んできた。

テーブルの上に飲み物を置いた店員が下がるのを待って、雅翔が再び口を開く。

「例えば、そうだな……刻印入りの小物を絵梨ちゃんが持っていると、これから始める復讐の中でいい小道具になると思うんだよ」

「……？」

「まあ、お守りみたいなものだと思って、持っておいて」

もしかして、桃花に対抗してブランド物を持たせるということだろうか。

それは理由としてわからなくもないのだけど、今の口ぶりでは、刻印の入っていることの方に意味があるように聞こえる。

納得できないまま、絵梨は雅翔を見つめた。そこには、羨《うらや》ましいほど迷いのない強い眼差し。とてもじゃないが、考えを変えてくれそうには思えなかった。

「……」

車といい、一体どれだけ稼ぐ、何でも屋なんだ。

このまま受け入れていいものか悩む絵梨の肩に、雅翔の手がぽん、と置かれた。

「次は服と化粧品を買いに行くから」

「えっ！　まだ買い物をするんですか？」

「もちろん。だって財布だけ新しい物に変えたら、絶対、部長の娘さん？　絵梨ちゃんが『無理して財布だけ新しい物に変えた』って、言うに決まってる」

「う……確かに……」

実に、桃花の言ってきそうなことだ。

「それを封じるためには、他も一緒に変える必要があるんだよ」

「でも、そんなに色々変える余裕はないですしっ」

「お試し期間中だし、今日の絵梨ちゃんは、支払いのことなんて気にする必要はないんだよ。正式に依頼してくれるまでにかかった費用を請求する気もないし」

「えっ、でも……それだと……」

それでは依頼をした後どうなる。支払い金額を想像して困惑する絵梨に、雅翔が助言する。

「支払い金額が気になるなら、このままずっとお試し期間にしておけばいいんだよ」

「そんなこと……」

出来ないです、と言いたいが、今すぐ正式に依頼して、この買い物の支払いをするだけの余裕は絵梨にはない。

困った絵梨が視線を向けると、雅翔が目尻に皺《しわ》を作って微笑む。

――このままだと、違う意味で復讐の依頼が出来なくなっていく。

なんだか雅翔は、絵梨に本気で復讐を依頼させる気がないのではないかと思えてきた。

でも雅翔は、仕事として復讐の協力を申し出ているのだから、そんなことあり得ない。

いくら比留川たちの仕打ちに腹立たしさを感じていたとしても、仕事抜きに、彼がほぼ初対面に近い絵梨にここまでしてくれる意味がわからない。

目の前の矛盾に悩み、黙り込む絵梨に、雅翔が強気な笑みを浮かべた。

「やるからには豪華に楽しく徹底的に……だろ？」

雅翔が復讐のスローガンを口にする。

「……」

「たとえお試し期間でも、中途半端な仕事は、俺の何でも屋としてのプライドが許さないからね」

働く者のプライド。それを強調されると弱い。

それならせめて正式に仕事を依頼しないと悪いのでは、と申し出る絵梨に、雅翔が「もう少し試してから決めて」と言うので、やっぱり彼が本気で絵梨に復讐をさせる気があるのかわからなくなる。

それでも雅翔が楽しそうなので、この場で依頼を断る気にもなれない。

「……まさか、二日かけて買い物をするつもりですか？」

ほとほと途方に暮れた絵梨が、力なく雅翔に尋ねる。

雅翔からは、今日と明日の二日間、予定を空けておくように言われていた。

「うん？　買い物は今日だけだよ」

その言葉に、とりあえずホッと安堵する絵梨だったが、続く言葉に目を見開いた。

「明日は、美容院とエステの予約をしてある。その後はデートをしよう」

「エ、エステって、なんのために？」

「絵梨ちゃんを変身させるために」

「いや、だからって……。それに、デートって」

買い物にエステにデート……絵梨の想定していた復讐から、どんどん遠ざかっていく気がする。

それにデートという言葉に、心が勝手に反応してしまった。

「今後の復讐のために、少し勉強して欲しいことがあるからね」

「え、勉強……ですか？　デートで？」

復讐のための勉強。そのためのデートだというなら、それは絵梨が想像したデートとは、意味が違うだろう。

過剰反応してしまった自分が恥ずかしくなる。

困り顔を見せる絵梨の表情を、雅翔が勘違いした。

「勉強したくない？」

「いえ。もちろん、必要なことは勉強します」

本来無関係の雅翔が、これだけ絵梨のためを思って復讐の手助けをしてくれているのだから、当事者である絵梨が出来る努力をするのは当然のことだ。

絵梨の反応に、雅翔がにっこりと微笑む。

「よかった。俺としては、今のままの絵梨ちゃんも、じゅうぶん可愛くて好きなんだけどね」

「……か、可愛いって……困ります」

そんな簡単に「好き」という言葉を使って欲しくない。

絵梨が比留川に向けた「好き」と、比留川が絵梨に向けていた「好き」の違いに、痛い思いをしたばかりだ。だから雅翔が軽い気持ちで「好き」と言っているとわかっていても、心が軋《きし》んでしまう。

「どうして?」

「どうしてって……」

この気持ちは、好きだった人に裏切られたことのある人にしか理解出来ない感情だと思う。それを、迷いのない目をした雅翔に打ち明けて、弱気だと呆れられるのも怖い。

黙り込む絵梨をそれ以上追及することなく、雅翔が宣言する。

「やるからには、豪華に楽しく徹底的に。この土日で変身して、まずは部長の娘さんに、綺麗になった絵梨ちゃんを見せつけてあげよう」

「どうして、そこまでしてくれるんですか?」

これは明らかに仕事の領域を超えている。

そう思う絵梨に雅翔は、少し表情を厳しくして答える。

「絵梨ちゃんを裏切った彼が、同じ男として許せないから。それにその部長の娘さんの言動も好きになれない」

嫌悪感を含んだ雅翔の声に、彼がビジネスを度外視して絵梨に荷担してくれている理由を知る。

でも桃花を悔しがらせるために、どれだけの手間とお金をかけるつもりだろう。

目眩《めまい》を感じる絵梨とは対照的に、雅翔は実に楽しそうな顔をしている。

——なんだか、子供みたい。

そんな彼の顔を見ていると、戸惑いはありながらも、絵梨まで楽しくなってしまう。

雅翔につられて微笑んだ後で、自然に笑っている自分に驚いた。

雅翔に連れ出してもらわなければ、この週末、自分はどうにもならない状況に塞《ふさ》いだ気持ちで過ごしていたことだろう。そう考えると、こうして一緒にいてくれる雅翔に、改めて感謝の念が湧いてくる。

「ありがとうございます」

自然に零《こぼ》れる絵梨の感謝の言葉に、雅翔が嬉しそうに微笑む。

彼の表情を見ていると、絵梨の心がくすぐられる。

戸惑うことも多いけど、雅翔が絵梨のために決めたことなら素直に従おう。

「私は、どうしたらいいですか？」

ここまでしてくれる雅翔に、絵梨が出来ることはあるのだろうか。

そう思う絵梨に、雅翔が「楽しんで」と、微笑む。

それが雅翔の望むことなら、それに従い、絵梨も豪華で楽しく徹底的な復讐とやらを全力で楽しむべきなのだろう。

「頑張ります」

そう宣言する絵梨に、雅翔が目を細め目尻に皺《しわ》を寄せた。

◇◇◇

次の日、雅翔が絵梨を案内したのは、美容院とエステが併設されている個人経営の美容サロンだった。

店に入るなり待ち受けていたスタッフに引き渡され、そのまま店の奥へと連れて行かれる。

用意されていた問診票に必要事項を記入して、いくつか質問を受けた後、スタッフが施術《しじゅつ》方針を決めていく。

豪華な内装のサロンで受ける丁寧な施術《しじゅつ》。

それは癒《い》やされてしかるべき状況なのだろうけど、慣れた様子で絵梨の髪や肌の改善点を見定め、素早く施術《しじゅつ》していくスタッフに圧倒され、ちっともリラックスできない。緊張したまま身を任せること三時間。仕上げにメークの基本的なレッスンを受けて、解放された絵梨を見て、雅翔が口元をほころばせた。

その表情を見れば、絵梨の仕上がりに満足したとわかる。

昨日、雅翔に選んでもらった淡い色のハイウエストワンピースを着て、髪もメークもこれ以上ないほど完璧に整えているはずなのに、それでもつい「どうですか?」と、聞いてしまう。

「朝より可愛さが増したね」

自分で聞いておいてなんだが、迷うこともなく褒《ほ》められると、それはそれで照れる。

「あ、ありがとうございます」

照れながらお礼を言う絵梨に、雅翔は待っている間に使っていたのだろうパソコンをシャットダウンして立ち上がった。

「行こうか」

パソコンをしまい支払いを済ませると、雅翔が絵梨の手を引いて店を出る。

「え、どこに?」

「可愛くなった絵梨ちゃんを見せびらかしに」

雅翔は嬉しそうに答えると、絵梨の手を引き歩き出した。

「指冷たいね。寒い？」

店を出てすぐ、絵梨の手を包み込むようにして雅翔が聞く。

暖房のきいていたサロンにいたのだけど、緊張していたせいか、指先が冷えている。

その指先に触れる雅翔の手が温かい。

「少し」

絵梨が素直に認めると、雅翔が、手頃なカフェを見つけてランチがてら温まろうと提案した。

そしてそのまま近くのカフェに入り、食事と温かな飲み物を注文すると、雅翔が絵梨を見て嬉しそうに微笑む。

なにがそんなに嬉しいのだろう。そう視線で尋ねる絵梨に、雅翔が「絵梨ちゃんが綺麗だから」と、笑う。

「……」

どうしてこの人は、恥ずかしげもなくそんなことを言えるのだろう。

――さっきもそうだ……

道を歩く時も、雅翔は絵梨に歩調を合わせて歩いてくれるし、店に入る時も当然のように扉を押さえて絵梨を先に入れてくれるし、絵梨が座る椅子を引いてくれる。

しかも雅翔からは、そういった行動に対する照れを感じないので、絵梨だけがいちいち照れるのも恥ずかしい。結果、雅翔のエスコートを素直に受け入れるしかなくなる。

――私、比留川さんにちっとも大事にされていなかったんだな……

付き合っている頃、恋愛経験が少なかった絵梨は気付いていなかったけど、比留川に絵梨を大事に扱う気持ちはなかった。

そのことに気付き、思わずため息を吐きそうになる絵梨に、雅翔が聞く。

「この後、どこか行きたいところある？」

「え？　勉強は？」

雅翔は今日、絵梨に勉強して欲しいことがあると言っていた。

――だからこの後はてっきり勉強をするのだと思っていたのに。

「勉強は夕方に待っているよ。それまで、絵梨ちゃんの行きたいところに行って、一緒に時間を過ごそう」

そう説明する雅翔が、「でも映画と水族館は駄目だよ」と、付け足してきた。

「どうしてですか？」

それこそ時間を潰すのに無難な場所なのに。そう思う絵梨に、雅翔が返す。

「映画は一緒にいるのに話せないし、水族館は暗くて、せっかく綺麗に変身した絵梨ちゃんの顔がよく見えないから」

「……」

その言葉に、絵梨の顔が火照《ほて》ってくる。

照れて、なかなか行きたい場所を決められない絵梨の反応さえ楽しむ様子で、雅翔が行きたい場所を聞いてきた。

そんなやりとりの一つ一つが絵梨の心をくすぐり、週末を一緒に過ごしてくれる雅翔の存在を大切に思い始めたのだった。


その後、近くの百貨店で開催されていた遊び心満載のクラフト展を覗《のぞ》き、カフェの併設された本屋さんでお茶を飲みながら好きなジャンルの本を教え合ったりしていると、あっという間に時間が過ぎていった。

思う存分お喋《しゃべ》りを楽しんでカフェを出ると、夕暮れを過ぎた冬の空はすでに暗くなり、イルミネーションに彩《いろど》られた街路樹が歩道を照らしていた。

ライトアップされた冬の街並みを楽しみながら歩いていると、雅翔があるお店の前で足を止めた。

「少し早いけど、夕食にしようか」

雅翔がそう切り出した。

「もしかして、ここ、ですか？」

「そう。いい勉強になると思うよ」

絵梨が、雅翔と目の前の店の看板を見比べる。

落ち着いた色調のレンガ造りの建物の前に、淡いライトで照らされた看板が出ている。書かれた文字で、ここがイタリアンレストランであることがわかった。店の雰囲気から、だいぶ高級そうな場所だというのが察せられる。

戸惑う絵梨の背中に自然な仕草で手を添え、雅翔が言う。

「ここは基本会員制で、それ相応の会費を払っている人しか入れない店なんだ」

「えっ？」

それはつまり、かなりの高級レストランでは……。たちまち緊張する絵梨の顔を覗《のぞ》き込むようにして、雅翔が囁《ささや》いた。

「だからここに来る客は、みんなきちんとお洒落《しゃれ》をして来る」

その言葉に慌てて自分の服装を確認する。今日の絵梨は、昨日雅翔が選んだ服に身を包んでいるので、ドレスコードに引っかかることはないだろう。髪もメークも、プロにセットしてもらったばかりなので大丈夫なはずだ。

それでも不安が残り、自分の姿を確認してしまう。

「大丈夫だよ。よく似合っているから、自信を持って。……その服を選んだ俺のセンスを信じてよ」

　不安でいっぱいの顔をする絵梨に、雅翔が微笑む。

「はい」

　頷いた絵梨の背中をそっと押しつつ、雅翔がここでの勉強内容を明かす。

「じゃあそれを踏まえた上で、心がけてほしいことがある。この店にいる間、可能な限り顎《あご》を引いて背筋を伸ばしていて」

「はあ……」

「あと、スマイルも忘れずに」

　雅翔がお手本といいたげに、茶目っ気たっぷりに笑ってみせる。

　それが一体なんの勉強になるのだろうか。そう思いつつ絵梨が頷くと、雅翔が慣れた様子で店の中へ入っていく。

　雅翔と一緒に店に入ると、すぐに窓辺の席へと案内された。

　控えめな照明の店内で、テーブルそれぞれにキャンドルが灯《とも》されている。隣の席とは適度に距離があり、会話が気にならない配慮がされていた。

「俯《うつむ》かれると、絵梨ちゃんの顔がよく見えないよ」

　食事を待つ間、店に漂《ただよ》う高級感に気圧《けお》され、つい視線を落とし気味になる絵梨に雅翔が言う。

絵梨は、さっき雅翔に背筋を伸ばすように言われていたことを思い出した。慌てて顔を上げると、キャンドルの明かりに優しく照らされる雅翔と目が合った。

絵梨と視線が合ったことを確認して、雅翔が嬉しそうに微笑む。

「絵梨ちゃんから見て、この店のお客さんの中で、誰の姿を綺麗だと思う？」

「えっと……あの人とか、綺麗だなって思います」

周囲の人に気付かれないよう、離れた席の女性を指さす。

そこには、黒を基調にしたシックな服装の女性が、向かいに座る男性と食事を楽しんでいた。

その女性を確認した後、雅翔は「じゃあ、彼女は？」と、他の席を示す。

絵梨が示した女性と似た、シックな服装に身を包んだ女性だ。

印象はとてもよく似ているのだけど、なにかが違う。

「なんでしょう、ちょっと違います」

二人とも、この店に相応《ふさわ》しい装《よそお》いをしているのに、なにかが違う。

首をかしげて答える絵梨に、雅翔が「姿勢と、表情が違うんだよ」と教えてくれた。

「あ……」

そう言われて納得がいく。似た服装をした二人の女性は、たぶん年も同じくらいだろう。だが、違和感を持った女性は、背中が丸まり、表情がどこか乏《とぼ》しい。

「今の絵梨ちゃんは、彼女に近いよ」

そう言って雅翔は、もう一方の、背筋の伸びた笑顔の綺麗な女性を示す。

「……そうですか?」

そう言ってから、雅翔が絵梨に姿勢に気を付けるよう言っていた意味を理解する。

ハッと目を見開く絵梨の表情の変化を見て、雅翔が満足げに頷いた。

「そう。それが大事なんだよ。上質なものを身に纏《まと》うだけで、姿がよく見える訳じゃないんだ」

「……」

雅翔が、優しい笑みを浮かべて教えてくれる。

「彼女のように自信を持って笑うこと、綺麗な姿勢を心がけること。……それだけで、人はぐっと美しく見えるようになる。それが、ここで君に学んで欲しかったことだ」

そう言われて、これまでの自分の佇《たたず》まいを思い返して反省した。

「気を付けます」

「ありがとう。じゃあ、勉強は終わり。後は食事を楽しもう」

雅翔は、運ばれてきたグラスを手に持ち視線で絵梨を促《うなが》した。

絵梨も笑顔でグラスを持ち、雅翔を見る。

そして、「乾杯」と、互いにグラスを軽く触れ合わせた。

◇◇◇

会員制のイタリアンレストランでの食事を終え、会計を済ませた雅翔は、絵梨のために出入り口のドアを押さえた。

ぎこちないながらも、笑顔でお礼を言う絵梨を先に通し、雅翔も店を出る。すると、前にいる絵梨が一瞬動きを止めた。

「……?」

不思議に思い、絵梨の視線を追うと、彼女は夜空を見上げていた。

「やっぱりここは、あまり星が見えないですね」

その言葉に改めて見上げる空は、雲のせいか排気ガスのせいか、ぼんやりと霞《かす》んで見える。その霞《かすみ》が街の照明を吸い込んでほんのりと明るい。

そんな空を見上げて、絵梨が残念そうに息を吐く。

「星が見たかった?」

「満天の星をぼんやり見上げるの、好きなんです」

「それなら、今度は一緒に星を見に遠出する?」

絵梨が喜ぶのなら、どこでも連れて行く。それに二人で遠出をすれば、それだけ絵梨と一緒に過ごす時間が増えて嬉しい。

そんな思いを込めて聞くと、絵梨が困った顔をした。

「星を見に、遠出ですか……」

「嫌？」

「嫌というか……なんかそれって、恋人同士の本物のデートみたいじゃないですか？」

その言葉に、絵梨の心の傷の深さを感じる。

――まだ恋愛なんて気分じゃないよな。

一緒に過ごした週末の二日間が楽しすぎて、もっと絵梨の時間を独占したいと欲張りになっていた自分を反省する。

最初は、失恋した絵梨の心を少しでも癒《い》やせればそれでいいと思っていたはずだったのに。気が付けば絵梨の時間を独占したいと思う気持ちを抑えられなくなっている。

「ああ、確かに。それは困るか」

困ったように苦笑いする雅翔に、絵梨が慌てた様子で言う。

「ほら、そういうのはやっぱり、勘違いされると申し訳ないから。……その、雅翔さんの恋人とかに」

なんだそんなことかと、雅翔がホッと息を吐いた。

「俺に恋人なんていないから、そんな心配しなくていいよ。だから、もしいつか、絵梨ちゃんの気が向いたら、俺と一緒に星を見に行ってくれると嬉しいよ」

祈るような気持ちでそう言うと、絵梨がためらいがちに頷いてくれた。

果たされるかどうかもわからない口約束で、これだけ幸せになれる自分は、相当絵梨に参っているのだろう。

明るい声で「ありがとう」とお礼を言い、雅翔は絵梨と歩き出した。

◇◇◇

「逢坂君、なんか綺麗になったな」

月曜日の朝、絵梨が出社するなりそう声をかけてきたのは、桃花の父親である安達部長だ。

「そうですか？」

笑顔でとぼけてみたけれど、絵梨自身、自分の変化に驚いている。

もちろんベースは今までの絵梨なのだが、服装、髪形、メークを意識して変えたことで、驚くほど印象が変わった。

それにプロの手でケアをしてもらった肌や髪は、潤《うるお》いがまるで違うのだ。鏡で見た時の顔が輝いて見えたくらいに。

なにより、雅翔に教えられたとおり綺麗な姿勢と笑顔を心がけることで、一段と絵梨の変化が際立った。

不思議なもので、姿勢や表情に気を付けるだけで、なんだか気持ちまで明るくなってくる。思わぬ相乗効果だった。

「なんだ、恋人でも出来たのか？」

セクハラまがいの言葉をかけてくる安達部長は、比留川と絵梨の関係を知らない。だからだろう、近くにいた比留川に「なあ、君もそう思うだろ？」と、意見を求めた。

安達部長の言葉を受け、比留川が絵梨の方に視線を向けてきた。

ほんの少し前まで、本気で好きだった人の視線に緊張する。

「――っ！」

絵梨に視線を向けた比留川が、目を見開き小さく息を呑むのがわかった。

一瞬だけ、悔しそうな表情を浮かべた比留川が、すっと絵梨から視線を逸《そ》らす。

「そうですか？」

そんな比留川の態度に、近くにいた男性社員が茶化してくる。

「部長、比留川は、今、部長の娘さんのことしか目に入っていないからダメですよ」

安達部長は、その意見にまんざらでもない様子だ。

でも比留川と付き合っていた絵梨には、彼が一瞬見せた表情で、悔しがっていることがよくわかった。

自分以外の企画が採用されたり、高く評価された際によく見た顔だ。

昨日、レストランの帰りに寄った一葉で聞いた、幸根の言葉を思い出す。

『せこい男ってさ、自分の捨てた女が後から綺麗になったりすると、惜しいことした気分になるんだよね』

桃花を悔しがらせるために雅翔が計画した作戦は、実は桃花だけでなく、比留川にとっても有効だったらしい。

雅翔と過ごした週末で、それだけ自分はいい意味での変化を遂《と》げたのだ。その事実に、心が晴れる。

綺麗な姿勢を意識して自分の席に腰を下ろすと、比留川たちに見えない角度でピースサインを送ってくれる郁美と目が合った。

視線でお礼を言う絵梨に、郁美は口ぱくで、絵梨の変化を絶賛してくれる。

郁美の対応に心がほぐれるのは、彼女が絵梨の見た目がどう変わろうと、絵梨の内面を認めてくれているのを知っているからだ。

――それを言えば雅翔さんも、ありのままの私を肯定してくれてたっけ。

度を越えた雅翔の優しさは、きっと比留川に裏切られた絵梨への同情からくるものなのだろう。

それがわかっていても、感情表現がストレートな雅翔といると、比留川の裏切りで痛い目に遭《あ》ったばかりの絵梨でも、ついドキドキしてしまう。

――私、無駄に意識し過ぎ。

昨日、一葉に寄った後、雅翔は当然のように絵梨を自宅アパートの前まで送ってくれた。

大人で紳士的な雅翔にとって、それは普通のことなのかもしれない。でも比留川とは比べものにならない彼の優しさに、心が騒いでしまう。

――そういえば、昨日も一葉に行ったのに、サクラちゃんにメッセージを書きそびれた。

サクラとメッセージのやりとりをするようになって、もう一年以上になる。

――もしサクラちゃんに会えたら、いい友達になれると思うんだよな。

店を訪れるタイミングが違うのか、本人と会ったことはないけど、メッセージを通して見えてくるサクラに、絵梨は不思議なくらいの親近感を抱いていた。

考え方が似ているというわけではないが、絵梨はサクラの考え方を好ましく思う。

文面から受け取るサクラの人柄は、真っ直ぐでひたむき、そして、努力する人に優しい、というイメージだ。

「無理です」「出来ないです」って言った者勝ちの仕事って悲しい――そんなサクラの

最初のメッセージは、彼女が仕事を頑張っているからこそ漏《も》れてしまう、弱音だったに違いない。

仕事をしていると、絵梨も同じように悔しい思いをすることがある。桃花などは、「出来ないんです〜」「わからないんです〜」と、可愛く甘えて、誰かにやってもらっていたりする。

そしてそれを、利口なやり方だと嘯《うそぶ》いているのも知っていた。

でも絵梨は、そんな働き方はしたくない。ちゃんとプライドを持った仕事をして、そうして稼いだお金で自分自身を養いたいと思っている。

だから、サクラのコメントを見つけた時、もう一人の自分を見つけたような気がして、つい彼女に向けたメッセージを残したのだった。

それから一年ちょっと。サクラとのメッセージのやりとりに、随分《ずいぶん》救われてきた。

サクラは、比留川なら「安っぽい幸せ」と、鼻で笑うような些細《ささい》な幸せの報告に、いつも共感してくれた。

——次は、明るいメッセージを残そう。

雅翔とは、水曜日に一葉で会う約束をしていた。

サクラへどんなメッセージを書こうか。そんなことを考えながら、絵梨は午前中の仕事に取りかかるのだった。

昼休み。いつものように、郁美と一緒に昼食を買いに出かけようとしていた絵梨の耳に「わぁあっ」と、甲高くはしゃいだ声が聞こえてきた。

——来た……

小さくため息を吐く絵梨に、桃花が駆け寄ってくる。

「絵梨ちゃん、なんだか今日は感じが違うね」

桃花が、ことさらはしゃいだ声で「なんかすごく頑張ってる感じが出てる」と、笑う。

「……」

それはどういう意味だ。

「ふーん、だったら、安達さんはいつも頑張ってる感じだね」

よほどイラついたのか、普段は桃花の発言をスルーしている郁美が毒を吐く。でも、これくらいの嫌味で黙る桃花ではない。

「え～、私の場合、これが自然体だからいいの」

さようでございますか……としか言いようがない。

「……時間がもったいないから、ご飯買いに行こうよ」

付き合いきれないとばかりに、郁美が絵梨を促《うなが》す。

「そうだね」

頷いた絵梨が、財布を持つ手を動かした。その瞬間、桃花の表情が微《かす》かに強張《こわば》った。

怪訝《けげん》に思った絵梨に、表情を取り繕《つくろ》った桃花が手を差し出す。

「絵梨ちゃん、お財布変えたの？　見せて」

声ははしゃいでいるけど、先ほどと違って目が笑ってない。

そのことに恐怖を感じつつ、桃花に財布を渡した。

受け取った桃花は、真剣な表情でそれを観察し始める。

——まるで鑑定士みたい。

そのいつにない気迫におののきながら、財布を観察する桃花を見ていると、不意に桃花の視線が一点で止まった。彼女は、絵梨の名前が刻印された場所を食い入るように見ている。

「これ、なんで刻印が入ってるの？　……ネットで安く買うか、レンタルしたんでしょ？」

当然のように決めつけられて、絵梨は即座に否定する。

「違います」

「刻印を入れてもらえるのは、直営店で買った場合だけなのよ？」

言外に偽物じゃないのと、胡乱《うろん》な眼差しを向けてくる桃花に、作り手の時間を慈《いつく》しむ雅翔の存在を汚されたように感じて苛立つ。

「直営店で買ったら、なんか問題でもあるの？」

すかさず郁美が声を上げた。

絵梨を見下すような桃花に対し、郁美もあからさまに苛立ちを見せる。

そんな郁美に、桃花が「わかってないわね」と、息を吐いた。

「直営店で買うってことは、定価で買うってことなのよ。そんな無駄遣い、絵梨ちゃんが出来るわけないじゃない」

確かにそのとおりだけど、桃花に断言されるとムカつく。

それにしても、つくづく桃花と雅翔では、ブランド物に対する価値観が違うようだ。

「悪いけど、それ、直営店で買った本物だから。安達さんは、直営店では買わないの？」

雅翔を思い出し自然に零《こぼ》れた言葉に、桃花の表情がみるみる強張《こわば》っていく。

「おっ、化けの皮が剥《は》がれるか？」

郁美のからかう声が聞こえたのか、桃花がすぐに表情を直した。

でも無理をしているのか、頬の端が小さく痙攣《けいれん》している。

「ああ、残念！」

郁美の言葉を打ち消すように、桃花が笑顔でパンッと手を打ち鳴らした。

「残念……？」

「見栄を張って名前なんか入れちゃダメだよ〜。そうすると、お金に困って下取りに出そうとした時、査定が低くなっちゃうんだから。……もう、聞いてくれたら、色々教えてあげたのに」

無邪気を装《よそお》っているけれど、目が笑っていなくて怖い。

大体、何故、絵梨が金に困って財布を下取りに出すことが前提になっているのか。

「さすが詳しいわね。安達さん、いつもブランド品を中古売買してるの？」

郁美の鋭い突っ込みに、桃花の頬が再びひくつく。

――まあ確かに、実家暮らしでお給料がそのまま自由になるっていっても、限界はあるもんね。

ファッションに止《とど》まらず、旅行にエステにグルメに自分磨きの習い事……と、桃花から聞こえてくる話はお金のかかりそうなものばかりだ。

絵梨とそう変わらない給料で、それを全額賄《まかな》うのはなかなか大変だろう。

そうやって考えると、桃花は意外とやりくり上手な主婦になるかもしれない。ただしその才能を、見栄を張ることではなく、暮らしを豊かにすることに使えればの話だが。

「人それぞれだとは思うけど、そういうブランド物の買い方はどうだろう」

職人に敬意を払う雅翔の話を聞いていただけに、思わず言葉が漏《も》れてしまった。途端に、桃花が顔をしかめて唇を噛む。

「そっ、そんなことしないわよっ！　絵梨ちゃんのこと、心配してあげただけなのに」

酷いっ！　と、咄嗟《とっさ》に傷付いた風を装《よそお》っているけれど、その顔はかなり悔しそうだ。

「それ貰いものだから、売る予定はないよ」

絵梨は手を差し出して、桃花に財布の返却を求める。

時間がかかってでも、後でお金を返すつもりでいるけど、雅翔はプレゼントと言っていたので嘘にはならない。

――まあ、貰ったのが財布だけじゃないから、返すのにどのくらい時間がかかるか不安もあるけど……

それはこの際、考えないでおく。

「あっ！　もしかしておニューの、キーケースと名刺入れもプレゼントだったりする？」

郁美が「今気付いた」といった様子で声を上げる。

「キーケースと名刺入れもプレゼント？」

桃花が目を丸くして驚く。

「うん。まあ……」

「まさか、それもネーム入り？」

「ええ……」

すると、言葉もなく桃花が大きく息を吸い込んだ。

ぷくりと鼻腔《びこう》が広がった顔は、明らかに不機嫌さを表している。

「すごい。逢坂さんの新しいカレシ、お金持ちなんだね」

本気で感心した様子で、郁美が興奮した声を出す。

その後、チラリと桃花に視線を向けて「しょぼい男とは、別れて正解だったね」と、これ見よがしに親指を立てた。

桃花の眉がぐっと寄せられ、鼻腔《びこう》がさらに膨らむ。

さすがにその間違いは雅翔に申し訳ない。

「いや、カレシって、わけじゃないんだけど……」

慌てて訂正すると、桃花の表情が意地悪なものに変わった。

そして嬉しそうに、パチンと手を叩く。

「ああ、そういうこと」

そう言って、意味ありげな笑みを浮かべる。

「……」

次はどんな嫌味がくるのだろうか。思わず身構えてしまう絵梨だったが、桃花は可愛く肩を竦《すく》めてくるっと背を向けた。

「そういうことなら納得。頑張ってね～」

——え、なにが？

桃花の言わんとすることがわからない。

戸惑う絵梨と郁美を置き去りにして、桃花はご機嫌な様子で「パパには黙っておいてあげるから」と、その場を離れていった。

「あれ、なんだと思う……」

「さあ？」

桃花の意味ありげな笑い方に若干の不安を抱きながら、絵梨たちは彼女の背中を見送ったのだった。

◇◇◇

「じゃあ、復讐第一弾は、成功したんだ」

水曜日の夜、一葉を訪れた絵梨は、早速雅翔たちに報告をしていた。

絵梨の話を聞いた幸根が、カウンターの中から「よかったじゃん」と、笑う。

「それが、そうでもないんです……」

「なにか問題でも？」

幸根と一緒に話を聞いていた雅翔が、絵梨に気遣わしげな視線を向けた。

「それが……」

絵梨は申し訳ない気持ちで雅翔を窺《うかが》う。

——安達さんのあの笑み……気になってはいたけど、まさかこんなことになるなんて思ってもみなかったな。

重いため息を吐いてから、絵梨は桃花との攻防の顛末《てんまつ》を報告する。

「私が、男にフラれて自棄《やけ》を起こして水商売のバイトを始めた。それで稼いだお金で化粧品を買い漁ったり、エステに通ったりして、禿《は》げオヤジにブランド物を貢《みつ》がせている。……そんな噂を流されました」

「あ〜あぁ」

幸根が顎《あご》を引き、顔をしかめる。

雅翔も「そう来たか」と、額《ひたい》に手を当て天を仰ぐ。

絵梨としても、予想外すぎて頭の痛い状況だ。

——なんでそうなるかな……

雅翔の予想どおり、ブランド物の財布を見た桃花は、すごく悔しそうな顔をしていた。それで少しは気が晴れたと思ったのに、まさかこんな反撃をしてくるとは……

「かえって申し訳ない」

申し訳なさそうな顔をする雅翔に、絵梨の方が恐縮してしまう。

絵梨は慌てて言葉を付け足す。

「でも、途中まではいい感じだったんです。友達の郁美が『カレシ、お金持ちなんだね』と言ってくれた時は、すごく悔しそうだったし」

「へぇ〜カレシ」

意味ありげな顔をする幸根を雅翔が睨《にら》む。

彼の表情を見て、絵梨は焦って口を開いた。

「アッ、あの、すぐにカレシじゃないって訂正しました」

「ああ……、そうだよね」

何故か微妙な表情を見せる雅翔は、しばらくなにかを考え込む。そしてすぐに、パチンと指を鳴らし、絵梨に視線を向けてきた。

「絵梨ちゃん、今度の金曜日の夜の予定は？」

「え、仕事して、その後は特にはないです」

「じゃあ、なるべく人の多い時間に退社してこられる？」

そう話す雅翔の目は、悪戯《いたずら》を企《たくら》む子供みたいに輝いている。

「大丈夫ですけど……。一体なにをする気ですか？」

「ナイショ。当日のお楽しみだよ。ああ、その日は最高にお洒落《しゃれ》してきてね」

唇に指を添えて微笑む雅翔は、なんとも楽しそうだ。

雅翔がこういう顔をしている時は、どれだけ聞いても教えてくれないことはすでに承知している。

こうなったら絵梨は、黙って雅翔の企《たくら》みに乗るしかない。

――雅翔さんの企《たくら》みなら、信用出来る。

彼が絵梨の不利益になることをするはずがない。雅翔との付き合いはまだ短いけれど、それははっきりと確信が持てた。

だから絵梨は、笑顔で「はい」と頷くのだった。

◇　◇　◇

そうして、約束の金曜日。絵梨は、終業時刻と同時に帰り支度を始めた。

デスクを片付け、お手洗いでメークを直した後で鞄《かばん》を取りに来た絵梨に、郁美が声をかけてきた。

「今日は一段と綺麗にしてるね」

雅翔に言われたこともあり、今日の絵梨は、上半身はタイトだが腰から下にかけて膨らみのある可愛らしいワンピースを着ている。それに合わせて、華やかに髪をアップし直し、メークにも手を加えた。

「ありがと」

頑張ってお洒落《しゃれ》をしたつもりだ。でも本当に大丈夫か不安もあったので、郁美にそう言ってもらえると嬉しい。

「あ、絵梨ちゃん、今日も無駄に頑張ってるね。無理して疲れない？」

ピンクのグロスに彩《いろど》られた唇の桃花が、はしゃいだ笑い声を上げ、会話に割り込んできた。

「安達さんも、無駄にお洒落《しゃれ》してるじゃない」

冷ややかな視線を向ける郁美に、桃花が「私は、TPOをわきまえてのことだから」

と、オフィスに残っている比留川をちらりと見る。

比留川は、他の社員と話をしていて、こちらのやりとりに気付く気配はない。

「私この後、一樹さんと食事に行く約束をしてるの。一樹さん、私が行きたいって言ったお店に、わざわざ予約を入れてくれたのよ」

桃花が得意げに口にする店名は、絵梨もよく知っていた。

最近リニューアルオープンしたホテルに、新しく入ったレストランだ。もともと拠点はフランスにあり、日本出店の一号店として雑誌で取り上げられていた。

そこは、こんなことになる前、絵梨が、比留川に行きたいと話したことがあった店だ。

あの時、彼は面倒くさいと絵梨の誘いを断ったのに、桃花におねだりされれば連れて行くらしい。

――私、本当に大事にされていなかったんだな……

「えっと、私、用事があるから帰るね」

今さら比留川の仕打ちを嘆いてもしょうがない。それこそ、時間の無駄だ。

そう気持ちを切り替えてエレベーターホールに向かう。これなら、雅翔に言われた人の多い時間に退社できそうだ。

「なに、デート？」

弾んだ声で聞いてくる郁美に、「違うよ」と、少しはにかんで返すと、すかさず桃花が食いついてくる。

「ああ、同伴？　大変ね」

「……違います」

なんでそういうことを平気で口に出せるのだろう。桃花の頭の中がどうなっているのか、絵梨にはさっぱり理解出来ない。

これ以上話しても疲れるだけなので、さっさと切り上げる。

郁美と一緒にエレベーターを待っていたら、桃花が「待って」と追いかけてきた。

「……」

まだなにかあるのか、と、ウンザリした気持ちで振り向く絵梨の腕に、桃花が腕を絡《から》めてきた。

「一樹さん、まだ仕事終わらないみたいだから、下まで送ってあげる」

「えっ！　いいよ……」

「なんで？　やっぱり同伴だから？」

桃花が意地の悪い笑みを浮かべて見上げてくる。

「迷惑だからでしょ？」

そんなこともわからないの？　と、ため息を吐く郁美を、桃花は「郁美ちゃん酷～い」と、はしゃいで躱《かわ》す。

――本当に、面倒くさい。

ここで桃花を無理やり追い返せば、きっとまた新しく「金曜日に同伴出勤するためにお洒落《しゃれ》していた」と、噂を立てられるのは目に見えている。

――だからって、雅翔さんとの待ち合わせに連れて行くのも嫌だな。

そこでふと、雅翔と待ち合わせの場所や時刻を決めていなかったことに気付く。

とりあえず、一葉に行けばいいのだろうか。だったらなおさら、桃花を連れて行きたくない。そんなことを悩みながら、絵梨は桃花と郁美を伴《ともな》ってエレベーターに乗り込んだ。

桃花をどうしたものかと悩みつつ正面ホールを出ると、誰かに名前を呼ばれた気がした。

「……？」

不思議に思って周囲を見渡し、絵梨は道路脇に停められている高級外車に気付いた。

他にも停車中の車がある中で、一際存在感を放っている車に見覚えがある。

「あれって……」

絵梨が小さく声を漏《も》らした時、その車の運転席のドアが開き、雅翔が姿を見せた。

いつも上品にスーツを着こなしている雅翔だけど、今日はひと味違う。上品さの中に色気のようなものが混ざっている。

普段は自然に流している前髪を、綺麗に後ろに撫でつけているからだろうか。それとも手にしている大きな花束のせいか。

雅翔の登場に驚いたのか、絵梨の腕に絡《から》みついていた桃花の手が緩《ゆる》む。その隙に桃花から距離を取る絵梨に、雅翔が歩み寄る。

絵梨の前で立ち止まった彼が、艶《あで》やかな笑みを浮かべた。

「仕事お疲れ様」

微笑む雅翔は、自然な態度で絵梨から鞄《かばん》を取り上げると、空いた手に花束を渡してくる。

「え、あの……」

これはどういうことですか？　そう視線で問いかける絵梨に、雅翔が「絵梨ちゃんに早く会いたくて」と、爽《さわ》やかにのたまう。

「……っ！」

日常では絶対にあり得ないだろうシチュエーションに、絵梨は息を呑んで固まった。

――素敵な王子様が花束を手に迎えに来た……

なんだこの少女漫画のような展開は。そう思いつつハッとして桃花の方へ視線を向けると、唇を固く引き結んだ彼女と目が合った。

ピンクのグロスが見えなくなるくらい強く唇を噛み、鼻がヒクヒクと痙攣《けいれん》している。自慢することに慣れている桃花にとって、この状況は受け入れがたいもののようだった。

「なに？　絵梨の恋人？」

郁美の質問に、絵梨は慌てて首を横に振る。

「違う、違うっ！　……彼は……そのっ……」

雅翔のことをどう説明しようかと悩む絵梨に代わって、雅翔が絵梨の肩を引き寄せながら口を開いた。

「残念ながら、まだ俺の片思い中なんだ」

臆面《おくめん》もない雅翔の台詞《せりふ》に、郁美が「おおっ」と、小さく声を上げる。

「――っ！」

——いきなり、なにをおっしゃいますか。

絵梨が驚いて雅翔を見上げる。そんな彼女の反応さえも楽しんでいる様子で、雅翔が言葉を続けた。

「絵梨ちゃんに振り向いて欲しくて、贈り物をしたり、こうやって仕事帰りに待ち伏せしたりして、猛アピールしているところだよ」

雅翔が目尻に皺《しわ》を寄せ、茶目っ気たっぷりに微笑む。

その魅力的な仕草に、再び郁美が「おおっ」と、声を上げた。

——やり過ぎだ……

絵梨は、思わず自分の額《ひたい》を押さえた。

気が付くと、郁美と桃花の他にも会社から出てきたばかりの人が、遠巻きに自分たちを見ている。

これじゃあ月曜日には、どんな噂が流れているかわかったものじゃない。

ただ、水商売云々《うんぬん》の噂がなくなるのは確かだろう。

その時、郁美に視線を向けた雅翔が、「絵梨ちゃんの友達?」と、問いかけた。

「はい。同じ部署の三輪郁美です」

「三輪さん、名前は絵梨ちゃんから聞いてます。よろしく」

雅翔が郁美に右手を差し出し、握手を求める。

雅翔の顔に見とれていた郁美は、慌てて差し出された手を握る。

「ふつつかな子ですけど、よろしくお願いします」

なんだその娘を嫁に出す親みたいなコメントは。

だが、そんな挨拶《あいさつ》をした郁美に、雅翔は笑みを深めた。

「今日の車は、二人乗りだから無理だけど、よかったら今度は三人で食事に行きましょう。俺の知らない絵梨ちゃんの話を色々聞かせてほしいな」

「ぜひ、喜んで」

即答する郁美をよそに、絵梨は「ん？」と、首をかしげる。

――今日の車は……？

ということは、雅翔は、この他にも車を持っているのだろうか。

郁美との握手を終えた雅翔が、その手を再び絵梨の肩に回す。

「冷えるから、そろそろ車に乗って」

「あっ、えっと……」

雅翔にエスコートされて車へ向かう絵梨がこっそり視線を向けると、鬼の形相《ぎょうそう》をした桃花が目に入った。

男性社員の間で「清楚で可憐、まるで無垢《むく》な天使」と言われるキャラはどこに行った……と、思わず突っ込みたくなる顔だ。

「彼女が、例の部長の娘さん？」

絵梨の耳元に顔を寄せて、雅翔が尋ねる。

絵梨が小さく頷くと、雅翔は絵梨の肩に回している手に力を込めて囁《ささや》いた。

「絵梨ちゃんの方が、何百倍も可愛くて魅力的じゃないか」

「……っ！」

ストレートな雅翔の言葉に、どう返せばいいかわからない。

言葉に詰まって黙り込む絵梨を先に車に乗せてから、雅翔が運転席へ回ってくる。

その間、見るともなく外に視線を向けると、明らかに不機嫌な桃花と再び目が合った。

桃花は鋭く絵梨を睨《にら》みつけた後、こちらに背中を向け会社に引き返していく。

桃花の背中を見送る絵梨に、運転席に乗り込んできた雅翔が問いかけてきた。

「迎えに来て、迷惑だった？」

「あ、いえ。そんなことは。……ちょっと驚いたけど」

そこで言葉を切った絵梨は、ふと考える。

もし、あのまま桃花と別れていたら、きっとまた、あることないこと……というより、根拠のない噂ばかり流布《るふ》されていたに違いない。

恥ずかしい気持ちもあるけど、彼の行動によって救われたのは確かだ。

「ありがとうございました」

「迷惑じゃなくてよかった」

雅翔がホッと息を吐く。

「あと……これも、ありがとうございます」

そう言って、花束を揺らす絵梨に、雅翔が穏やかに目を細める。

「絵梨ちゃん、この後時間あるんだよね？」

「はい」

「じゃあ、あの子に、今日どこに行ったか追及されても困らないよう、俺とデートしようか。絵梨ちゃんを連れて行きたい場所があるんだ」

「えっと、どこに行くんですか？」

絵梨の問いかけに、雅翔が目尻に皺《しわ》を寄せる。

その顔をするなら、目的地に着くまで、その答えは貰えないということだろう。

──まあ、それならそれでいいや。

「答えは楽しみに取っておきます」

絵梨はそう言って、シートに深く体を沈めた。

◇◇◇

雅翔が絵梨を連れて来たのは、一見映画館のような建物だった。

防音効果のありそうな絨毯《じゅうたん》敷きのフロアでチケットを買うと、雅翔が絵梨の手を引いて中へと進む。

「えっと、ここは……？」

「プラネタリウム」

「え、ああ！」

絵梨はちょうど通りかかった売店に並ぶ、大きな月がプリントされたトートバッグや、星々のポストカードを見て頷いた。

「来たことある？」

雅翔の問いかけに、絵梨は首を横に振る。

「興味はあったけど、なかなかチャンスがなくて」

「そう。ならよかった」

雅翔によると、これから始まるのは一般的な上映ではなく、癒《い》やし効果の高い音楽と共に星を楽しむショーのような内容らしい。

星を見るのは好きだけど、難しい学説には興味がない絵梨には嬉しい内容だ。

「雅翔さん、プラネタリウムにはよく来るんですか？」

「いや、俺も初めてだよ。ここなら、遠出しなくても星が見られるなって思って」

「……」

雅翔は、以前、イタリアンレストランの帰りに絵梨と交わした会話を覚えていたのだ。星を見に遠出することをためらった絵梨のために、ここに連れてきてくれたに違いない。

雅翔が自分に向けてくれる底抜けの優しさは、本当に同情心だけなのだろうか。自意識過剰だと思いつつも、雅翔の優しさに、自分への好意を期待してしまう。

「ああ、ここだ」

プラネタリウムのドーム型の天井の下を歩く雅翔は、手にしたチケットと座席に書かれた数字を確認して呟く。

絵梨を先に座らせ、その隣に雅翔が腰を下ろした。

その瞬間、彼の纏《まと》う甘さを含んだ爽《さわ》やかな香りが漂《ただよ》ってくる。

「……」

開演時刻が近付き、徐々に室内が暗くなってきた。仄《ほの》かに灯《とも》るライトの下で、絵梨は隣に座る雅翔を見つめながら、彼と出会ってから今日までのことを思い返す。

「絵梨ちゃん、どうかした？」

絵梨の視線に気付いて、雅翔が尋ねてきた。

「あの……雅翔さんて、一体何者なんですか？」

「どういう意味？」

「いえ……どうして会ったばかりの私に、こんなに良くしてくれるんだろう、って。だって、普通いないですよ、あんな少女漫画の王子様みたいなことする人って」

「なに、そんな風に思ったの」

雅翔が可笑《おか》しそうに噴き出す。

「だって、雅翔さん、謎だらけだし……」

ブランドショップでの振る舞いや、諸々の買い物に高級外車。

――しかも、車もあれ一台じゃないみたいだし。

稼ぎのいい何でも屋、で納得できる限度を超えている。

それによく考えれば、絵梨は未だに雅翔の苗字も正確な年齢も、勤めている会社名すら知らないのだ。

「何でも屋だよ」

「……嘘っぽいです」

「何でも屋っていうのは、嘘じゃないよ。絵梨ちゃんが考えている何でも屋とは、ちょっと違うかもしれないけど」

ためらいつつも、思っていることを伝える絵梨に、雅翔が困ったように微笑んだ。そして雅翔はおもむろに絵梨の唇に人差し指で触れる。

「唇、最近は荒れてないね。前に言ったこと、守ってくれているんだ」

「――っ！」

苦しくて、悔しくて、どうすることもできない状況を、唇を噛みしめることで耐えていた。そんな絵梨に、雅翔が言った言葉――

『そんな風に下唇を噛んで、本音を閉じ込める必要はないんだよ』

なにも言えなくなる絵梨に、雅翔が「ありがとう」と、目を細めた。

「え？」

「ちゃんと、俺が言ったことを守ってくれて」

「……えっと。その場合、お礼を言うのは、私の方では」

「え？」

どう考えてもお礼を言うべきは、絵梨の方だ。それなのに、雅翔がすごく驚いた顔をしている。

その不意を突かれたみたいな顔が、年上なのに可愛らしく思えた。

「雅翔さんがいてくれてよかったです。雅翔さんがいてくれるから、なんだかすごく元気です。自分のことを気にかけて、一緒に悩んでくれる人が近くにいると思うだけで、心が温かくなります」

「……」

「子供の頃からの唇を噛む癖も、雅翔さんに注意してもらったおかげで直せそうです……」

困ったように笑う絵梨に、雅翔が真摯《しんし》な眼差しを向けてきた。

「もし、世の中が絵梨ちゃんの敵だらけになったとしても、俺だけは味方でいるよ。君のためなら、なんでもしてあげたい。……俺は、君のためだけの何でも屋さん。それじゃあ、ダメかな？」

「私だけの……？」

ただの同情心で、人はそこまで優しくなれるのだろうか。

自分なら無理だ。そう判断すると、絵梨の心の奥に仄《ほの》かな期待が生まれる。

そんな絵梨の気持ちを肯定するようなタイミングで、雅翔は頷く。

「そう。絵梨ちゃんのためだけの何でも屋さん」

「どうして、そこまでしてくれるんですか？」

「絵梨ちゃんが、絵梨ちゃんだから」

「……？」

不思議そうな顔をする絵梨を見て、雅翔が愛おしげに目を細める。

「小さな幸せを見つけるのが上手で、それなりに苦労もあったはずなのに自分の人生をラッキーって言える。育ててくれた家族にちゃんと感謝ができて、星を見るのが好きな、そういう絵梨ちゃんだから、力を貸してあげたいと思ったんだよ」

「……っ」

言葉を失う絵梨の手を取り、雅翔はそっと手の甲に口付けをする。

そして、「信じて」と祈るように囁《ささや》いた。

「俺は、絶対に絵梨ちゃんを裏切らないから」

そのはっきりとした言葉と、真っ直ぐな眼差しに、絵梨の心の迷いが薄れていく。

結局雅翔は、自分の素性について語ることはなかった。

今の絵梨にわかっていることは『雅翔』という名前と、彼の優しさだけ。

それでも、絵梨は彼の言葉に嘘はないと信じられた。

上映開始のアナウンスが流れ、室内が徐々に暗くなっていく。その中で、絵梨は雅翔に向かって大きく頷いた。

――彼のことを、信じる。

「私は、どうしたらいいですか?」

こんなにも親身になって助けてくれる雅翔に、自分は一体なにを返せばいいのだろう。

そう悩む絵梨に、雅翔が優しく微笑んだ。

「楽しんで」

雅翔が、絵梨の手を握ったまま、肘掛けに手をのせて言う。そのタイミングで音楽が流れ出し天井に満天の星が映し出された。

——楽しむ……

比留川への復讐を楽しめばいいのだろうか。そう悩んだ後で、すぐに違うと気付いた。

——雅翔さんと一緒にいる、今のこの時間を楽しめばいいんだ。

「はい」

そう返して、絵梨は雅翔の見上げる人工の星空に視線を向けた。

◇　◇　◇

——もう少し、このままでも大丈夫かな？

プラネタリウムの星空を見上げる雅翔は、重ねた手を振り解《ほど》かれなかったことに小さく安堵の息を漏《も》らす。

正直、絵梨に「何者ですか？」と、尋ねられた時は焦った。

もちろん、いつまでも『幸根の知り合いの何でも屋』で通せるとは考えてない。

それに、自分がサクラであることも、いつかは打ち明けるべきなのだろう。

それでも、もうしばらくは、殿春総合商社の次期社長である桜庭雅翔ではなく、ただの何でも屋の雅翔として絵梨の隣にいさせて欲しい。

殿春総合商社は、絵梨の勤める会社の大きな取引相手である。雅翔自身は部署が違うので殿春の記念プロジェクトに関与していないが、絵梨はそのプロジェクトに大きく関わっているみたいだし。

会社と別のところで出会った以上、絵梨はなんのしがらみも肩書きもない、ただの逢坂絵梨でしかないし、雅翔だって桜庭雅翔でしかない。でも大人になると、それだけで片付かないのが現実だ。

――なんてな……

言葉で飾れば、言い訳はいくつでも思いつく。

ただ自分は、絵梨と一緒にいるこの時間を手放したくないだけだ。

何者でもない二人の時間をただ楽しみたいから、無駄な情報を与えて、その関係を壊したくない。

――俺は、意外と小心者だったんだな。

この年になって、初めて知る自分の一面だ。

仕事ならいつでも攻めの姿勢で挑める。たとえ失敗しても、次の仕事で挽回《ばんかい》すればいいいだけだ。でも、絵梨はこの世に一人しかいない。

自分にとって彼女は、唯一無二の存在なのだ。だから、どうしても弱気になってしまう。

チラリと隣に視線を向けると、惚《ほう》けたように人工の空を見上げる絵梨の横顔が見えた。

誰かを傷付けないために、唇を噛んで自分の気持ちを呑み込む一方、サクラの弱音には励《はげ》ましの言葉を贈ってくれる。

そんな絵梨を、心から愛おしいと思う。

重ねた手から、自分の思いが伝わればいいのに——そんなことを思いながら、雅翔は、絵梨が見上げる空へと視線を向けた。

そこに広がる星空は、雅翔の知らない空だ。

東京生まれの東京育ち。そんな雅翔の知っているのは、地上の光にかすんで、数えるほどしか星の見えない夜空だ。

だから海外留学や海外出張先でも、ゆっくり星空を観賞しようという考えに至ることはなかった。

こんな圧倒的な密度で星の輝く空が絵梨にとっての正しい星空だと思うと、これまで目を向けようとも思わなかった自分を後悔する。

絵梨はいつも、雅翔が目を向けずに過ごしてきた、大切なことを教えてくれる。

「ありがとう」

自分に出会ってくれて。今この瞬間、自分の隣にいてくれて。

そんな思いを込めて囁《ささや》いた雅翔に、返事があった。

驚いて隣を見ると、絵梨が、「こちらこそ、ありがとうございます」と微笑みを浮かべている。そして、またすぐに星へと視線を戻す。

——ああ、そうか……

人工の星空にここまで感動しているのは、隣に絵梨がいてくれるからだ。

絵梨と同じ眺めを共有していると思うだけで、世界が驚くほど鮮やかになっていく。

雅翔の見る世界を、絵梨がどんどん美しいものへと変えていく。そう思うと、繋《つな》いでいる手を離せなくなる。

雅翔は静かに、絵梨に重ねる自分の手に力を込めた。

4　幸せの見つけ方

プラネタリウム上映が終わり、ロビーに出た絵梨は、何気なくスマホの電源を入れメールを確認する。そこに思いも寄らない人からの新着メッセージを見つけた。

「どうかした？」

表情を変えた絵梨に気付いて、雅翔が心配げな視線を向ける。

「えっと……例の彼、比留川さんからメッセージが来て」

隠すことでもないので、正直に答えた。そしてメッセージの内容を確認して、なんとも言えない顔になる。

「彼、なんて？」

雅翔が微《かす》かに眉を寄せた。

「なんて言うか、雅翔さんの作戦が上手《うま》くいったみたいです」

比留川のメッセージによると、オフィスに戻ってきた桃花はえらく不機嫌で、比留川を相手に癇癪《かんしゃく》を起こしたらしい。

その癇癪《かんしゃく》がなかなか酷かったらしく、周囲の目も気にせず「面白くないから食事せずに帰る」と怒りだし、比留川を困らせたとのことだ。おかげで必死に宥《なだ》めて説得するハメになり、その原因を作った絵梨に、嫌がらせも大概にしろと憤慨したメッセージを送ってきたのだ。

「……」

比留川は、桃花相手なら、機嫌を取って宥《なだ》めるなんてこともするらしい。

もし機嫌を悪くして癇癪《かんしゃく》を起こしたのが絵梨だったら、きっとその何倍もの不機嫌さを絵梨にぶつけてきただろう。

今さらではあるが、自分がどれほど安く扱われていたのか思い知らされる。

重いため息を漏《も》らす絵梨の横で、見せられたメッセージを読んでいた雅翔が、「食事？」と、声を漏《も》らした。

「ああ、それは……」

絵梨は、桃花たちが行く予定のレストランについて話した。

「絵梨ちゃんも、そのレストランに行きたかったの？」

もともとは絵梨も行きたいと思っていたレストランだという話に、雅翔が敏感に反応する。

「テレビとか雑誌で頻繁《ひんぱん》に紹介されてた時だったから、ちょっと興味はありました」

ミーハーだと呆れられないだろうかと心配しつつ話すと、雅翔が「そうなんだ」と、声を弾ませる。

「それいいね」

「なにがですか？」

雅翔は悪戯《いたずら》な笑みを浮かべて、ポケットからスマホを取り出す。一言断ってから、絵梨と距離を取って電話をかけ始めた。

会話の内容をハッキリ聞き取ることは出来ないけど、雅翔の表情はすごく楽しそうだ。

彼は電話の相手とにこやかに言葉を交わし、最後に頭を下げて電話を切った。

そして絵梨のもとに戻ってくると、「じゃあ、行こうか」と、誘ってきた。

「え、どこにですか？」

「食事」

そう答えて歩き出す雅翔の足取りが弾んでいるように見える。

どうやらまた、なにか企《たくら》みを思いついたらしい。

その企《たくら》みがなんなのかはわからないけれど、雅翔と一緒に楽しめばいい。そう覚悟を決めて、絵梨は彼の背中を追いかけた。

◇◇◇

「ここで、食事ですか？」

「そうだよ」

車を停めた雅翔が絵梨に向かって微笑む。

プラネタリウムを出た後、絵梨を乗せた車を走らせた雅翔は、都内の高級ホテルの駐車場に車を停めた。

正面ホールに、イタリア人陶芸家の作品であるタイル張りの噴水が配されているこのホテルは、絵梨も見覚えがある。

最近リニューアルオープンしたばかりで、テレビや雑誌でよく取り上げられているホテルだ。それによれば、宿泊施設だけでなく、有名レストランや居心地のいいラウンジなども注目されているらしい。

そして、今日、比留川と桃花が食事の予約を入れているレストランも、このホテルに入っている。

「あの、もしかして……」

やるからには徹底的に。それをスローガンに掲《かか》げている雅翔が、同じホテルで食事をするだけで済ませるわけがない。

でもあのレストランは、現在、簡単に予約が取れないという話だ。プラネタリウムを出た時に思いついて、すぐにどうにかなるとは思えない。

戸惑う絵梨に、雅翔は余裕の表情で手を差し出してきた。

「せっかくのデートなんだから、最高の食事を楽しもう」

絵梨がおずおずと差し出された手を掴《つか》む。その手を握り返しながら、雅翔は今思い出したというように付け加えた。

「ついでに、復讐もするけどね」

ということはやっぱり、雅翔は桃花たちと同じレストランを予約したのだ。

――でもどうやって……

これが何でも屋のなせる業《わざ》なのか。そう思いかけて、いや違うと否定する。

きっと彼の本業は、何でも屋ではない。

――雅翔さんと一緒にいると、疑問が増えていくばかりだ。

でも彼を信じると決めたのだから、そこは考えてもしょうがない。そう納得して、絵梨は雅翔と一緒にホテルに入った。

ホテルのロビーに入ると、すぐに落ち着いた色合いのスーツを身に纏《まと》った男性がやってきた。

「桜庭様、お待ちしておりました」

雅翔に一礼する男性の胸元にネームプレートがある。ということは、このホテルのスタッフだろう。

――雅翔さん、桜庭っていうんだ……

ひょんなことで、雅翔の苗字を知ってしまった。

なんだか勝手に雅翔の秘密を暴いてしまったようで、少し気まずい。見上げると、雅翔も少し困った顔をしていた。

――ごめんなさい。

心の中で詫びつつ、絵梨の心に、桜庭という苗字が引っかかる。

――なんだか最近『桜』に関係する名前をよく聞く。

サクラちゃんはもとより、幸根の経営する『一葉』も桜の品種の一つなのだという。

そして、現在仕事で関わってる大企業、殿春総合商社の『殿春』も桜が咲く季節を意識してつけた社名だと聞いている。

――それだけじゃなくて……

他にもなにか、記憶に引っかかっているものがある。思い出そうと思考を巡《めぐ》らせていると、雅翔が出迎えてくれたスタッフに頭を下げた。

「こちらこそ、急を言って申し訳ない」

「……?」

隣でその様子を見ていた絵梨は、内心で首をかしげる。

さらりと詫びる雅翔だが、彼に申し訳なさを感じている気配はない。相手も、そんな雅翔の様子を当然のごとく受け入れ、「いえいえ」と頭を振る。

そして恭《うやうや》しく雅翔と絵梨を案内してくれた。

ロビーで出迎えてくれた男性が、絵梨と雅翔をレストランの入り口まで案内し、そこでウエイターに引き渡す。そしてそのウエイターにより、二人は見晴らしのいい窓際の席へと案内された。

テーブルには、二人の来店を歓迎する小さなフラワーボックスが置かれている。

無理矢理予約を受け入れたという感じはない。むしろ、雅翔の来店を歓迎しているように感じた。

二人が座ると、すぐに支配人とおぼしき人物が挨拶《あいさつ》に来る。

そして雅翔と軽く会話をしつつ、今日のお薦めの食材を確認してメニューを決めていく。

途中雅翔にいくつかの食材に関して「食べられる？」と聞かれたけど、初めて聞く名前で、その食材がなんなのかわからない。

特段食物アレルギーはないし、雅翔と過ごす時間の全てを楽しむ覚悟でいるのだから、なにが出てきても楽しんで味わえばいい。

絵梨が「大丈夫です」と答えると、雅翔は慣れた様子でメニューを注文していった。

彼はコース料理を頼むのではなく、今日のお薦めの食材を聞いてメニューをセレクトしているようだ。そんな姿に、彼の慣れを感じる。

「絵梨ちゃん、お酒は飲める？」

「はい」

頷くと、雅翔は自分は車だからと言い置いて、絵梨の分のワインを頼む。

ものすごくスマートでスムーズな流れに、とてもついさっき、レストランに連絡をしたとは思えない。

——もしかして、世間でいうほど人気はないとか？

予約が取れない……というのは店の煽《あお》りで、実はそれほどでもないのだろうか。

雅翔の手際が見事過ぎて、そんな疑念が湧いてしまうけど、店内に目立った空席は見受けられない。

混雑具合を確かめるべく店内を見渡していた絵梨は、ギョッとして、その動きを止めた。

満席といっていい店内で、絵梨たちから少し離れた席に桃花と比留川の姿を見つけたからだ。

——いた……。

同じくこちらに気付いたらしい桃花が、露骨《ろこつ》に顔を歪《ゆが》める。その向かいに座る比留川も、絵梨たちに険しい視線を向けてきた。

——なんだかな……。

せっかくのデートに、水を差された気分だ。

思わずため息を漏《も》らした後で、ハタと自分がここにいる理由を思い出した。

——私ってば……。

比留川たちへの復讐目的でここに来たはずなのに、いつのまにかそんなことよりも、純粋に雅翔との時間を楽しんでいた。しかも見せつけるはずの、彼らの存在を邪魔に思ってしまうなんて。

「あれが、噂の彼？」

小声で問いかけてくる雅翔に、目の動きだけで答える。

「そう」

短い彼の声に、はっきりと比留川への嫌悪を感じた。

――そうだよね。これは、復讐の一環なんだ。

わかっていても、心の温度が下がってしまう。小さくため息を漏《も》らす絵梨の向かいで、雅翔が嬉しそうに囁《ささや》く。

「絵梨ちゃん、見てごらん」

雅翔の見ている方へと視線を向けると、東京の夜景が広がる。

「綺麗……」

思わず感嘆の声を上げる絵梨に、雅翔が「絵梨ちゃんがね」と、言ってくる。

「……っ！」

不意打ちの言葉に頬が熱くなるのを感じた。彼から視線を逸《そ》らし、鏡のようになった窓に映る自分の姿を見る。

真っ直ぐ背筋を伸ばして椅子に座る自分は、以前の背中を丸めて唇を噛んでいた頃の自分より、ずっと綺麗に見えた。

自分で認めるのは恥ずかしいが、服装やメークに始まり、雅翔に教えられた姿勢や表情を気にかけるようになった絵梨は、確かに比留川と付き合っていた頃とは大きく違っている。

「出会った時より、ずっと綺麗になったよ。たぶんこれからもっと、魅力的になっていくんだろうね」

相変わらず真っ直ぐに褒《ほ》められて、照れてしまう。

ちょうどそこで、ワインと水が運ばれてきた。雅翔は水の入ったグラスを手に取り、乾杯を求めてきた。絵梨もワイングラスを手に取って、彼のそれと小さく合わせる。

「えっと……ありがとうございます」

褒《ほ》められることに慣れていない絵梨だが、それでも素直に笑顔でお礼を言う。でもすぐに恥ずかしくなって、「そういえば……」と、話題を変えた。

「さっき電話して、すぐにこんなにいい席を取れるものなんですか？」

「ああ……それにはね、裏技があるんだ」

「裏技？」

「そう。ホテルの中にあるレストランの場合、宿泊客の急な要望に対応するために、ある程度の余裕を持って予約を受け付けている。だから直接レストランに交渉するより、ホテルのコンシェルジュを通して依頼した方が席を確保しやすいんだよ」

「それって、知っていたら誰にでも出来ることなんですか？」

誰でも使える裏技なら、今後、接待で席を取る際に使えるのではないか。そう興味を示す絵梨に、雅翔は「さて、どうだろう」と、肩を竦《すく》める。

「基本宿泊客のための裏技だから、誰にでも出来るとは言えないかな。宿泊せずに無理を通すなら、普段ホテルに落とす金額が影響するかもしれない」

普段ホテルに落とす金額……

「雅翔さん、東京に住んでるのにホテルを使うことあるんですか？」

「何でも屋さんだから、仕事で使うことがあるんだよ」

雅翔が、悪戯《いたずら》な笑みを浮かべる。

「……うぅ」

その一言でなんでも片付けてしまうのは、ちょっと面白くない。そう唇を尖らせる絵梨を見て、雅翔が小さく笑った。

「ねえ、一葉って桜の名前だって知ってる？」

「知ってます。八重桜《やえざくら》の名前なんですよね？　以前、幸根さんに教えてもらいました」

不意に違う話題を投げかけられ、絵梨が表情を戻す。絵梨の表情が戻ったことに満足げに頷き、雅翔は話を続ける。

「やっぱり、絵梨ちゃんも幸根から聞かされてたか」

あの店の常連は、みんな幸根に桜談義を聞かされているので、一葉の名前の由来など基本知識だ。そう笑う絵梨の意見を、雅翔も頷いて認める。

そしてそのまま、幸根に教えてもらった桜情報を披露《ひろう》し合った。

春と秋に花を咲かせる二季咲桜《にきざきざくら》や、緑色に見える花を咲かせる桜の話などをしていると、食事が運ばれてきた。そのタイミングで、バッグに入れてあった絵梨のスマホが震える。

「すみません」

小さく断って画面を確認すると、再び比留川からメッセージが来ていた。

うんざりした気持ちで開くと、なかなか攻撃的な言葉で始まる文章が目に飛び込んでくる。

『お前、何様だよっ！　ふざけんなっ！』

――何様って……

せっかく雅翔との会話を楽しんでいたのに、そっちこそ何様だと言ってやりたくなる。

別れて、もう自分とは関係ないと一方的に宣言してきたのは比留川の方だ。それなら二人の関係は、同じ会社に勤める単なる同僚でしかない。

それなのに絵梨に向かって『お前』だの『ふざけるな』だの、上から目線で責めてくる比留川の方がどうかしている。

しかも長々と綴《つづ》られたメールを要約すると、絵梨たちが自分たちより見晴らしのいい席に座っていることや、到着するなり支配人が挨拶《あいさつ》に来たことが気に入らないらしい。そしてそんな絵梨を見て、不機嫌になっている桃花をどうしてくれるのだと怒っている。

さらには、コース料理ではなく自分で料理をセレクトしていた雅翔のことも、『すかした成金男』と、こき下ろしてきた。

大人げないその文面に、すっかり冷めていた思いが、完全に軽蔑へと変わる。

桃花のことにしたって、絵梨に長ったらしいメールを打つ暇があるのなら、彼女の機嫌を直す努力をすればいいではないか。

もし二人がこのまま結婚したとして、桃花が近所付き合いでなにか不機嫌になることがあるたびに、比留川は「ウチの妻の機嫌をどうにかしろ」と、近所に文句を言って歩くつもりなのだろうか。

――それでは、モンスターペアレントならぬ、モンスターハズバンドだ。

世界は貴方のためだけに回っているわけではない。

そう教えてあげたいが、教えたところで比留川には届かないだろう。

「どうかした?」

スマホを見つめて顔をしかめる絵梨に、雅翔が問いかける。

「比留川さんから抗議のメッセージが」

小声で伝えると、雅翔も小声で、「なんて?」と、聞いてきた。

比留川からのメッセージには、雅翔の悪口も書かれていたので話しにくい。

「くだらないことです」

そう返す絵梨に、雅翔が小さく笑う。

「よかったよ」

「え?」

「彼が送ってきたメールに、傷付くんじゃなくて、くだらないって言えるようになって」

目が合うと、雅翔が目尻に皺《しわ》を作って微笑んでいた。

もしかしたら、雅翔の方が、絵梨の心の傷の深さを気にかけてくれているのかもしれない。

「雅翔さん……」

私はもう大丈夫ですよ。と言いかけて、咄嗟《とっさ》にその言葉を呑み込んだ。

もし絵梨が「大丈夫」と言ったら、そこで復讐が終わってしまうのではないか。そうなったら、絵梨と雅翔が一緒にいる理由がなくなってしまう。

——それは嫌だ……

比留川に裏切られ、傷付いていた心がこれほど早く回復したのは、雅翔のおかげだ。

そしてそれ以上に、彼が色々なことを教えてくれたおかげで、これまでの自分より、今の自分が好きになっている。

絵梨の知らなかった大事なことを教えてくれる彼と、もっと一緒に時間を過ごしたい。

一葉で、同じ常連客として偶然顔を合わせて話すのではなく、二人だけの時間を重ねたい。

そんなことを思いながら、窓ガラス越しに雅翔の顔を見ていると、視線に気付いた雅翔が、小さく指をヒラヒラさせてくる。

不意打ちのアクションに、息を呑み、次いで笑みが零《こぼ》れた。

その瞬間、自然と雅翔への愛おしさが込み上げてくる。

——ああ、私、雅翔さんが好きなんだ……

比留川に裏切られたばかりなのに。そう呆れる気持ちもあるが、一度認めてしまった感情を、なかったことには出来ない。

自分の気持ちを受け入れた絵梨に、雅翔が言う。

「こうやって見つめ合っていると、なんか変な感じだね」

ガラス越しに見つめ合ったまま、雅翔が言う。

「そう、ですね」

「ねえ、絵梨ちゃんの目に、俺ってどんな風に映ってるの？」

「えっ？」

雅翔に自分の気持ちを見抜かれているのではないだろうかと、焦ってしまう。

「ちなみに俺の目に、絵梨ちゃんは、すごく可愛くて、魅力的に映ってる。それに幸せを見つけるのがとても上手で、一緒にいると楽しい気分にしてもらえる」

「そ、それは、過大評価も甚《はなは》だしいです」

「本当だよ。俺の目に映る絵梨ちゃんを、見せてあげたいくらいだよ」

照れる絵梨に、雅翔が優しく微笑む。その視線が優しくて、心がくすぐったい。

雅翔の視線に頬が熱くなる。それをごまかすようにワインを飲んだ。芳醇《ほうじゅん》な赤ワインが喉を流れていき、余計に頬が火照《ほて》っていく。

「絵梨ちゃんの目に、俺はどう映ってる？」

「わ、私の目に映る雅翔さんは……」

雅翔の正体は謎だけど、わかっているのは、今の自分にとってかけがえのない人だということ。

窓ガラスに映る雅翔の姿を見た。柔らかい照明に照らされる彼は、彫りの深い端整な顔立ちをしている。そして、笑った時に出来る目尻の皺《しわ》が、すごくチャーミングで魅力的だ。

「魅力的なイケメンです」

「それは光栄な評価だね」

茶目っ気たっぷりに雅翔が笑う。

「それに……言葉では上手《うま》く言えないくらい、特別な人です」

好きという思いを言葉にする勇気はない。

雅翔にとっては、復讐で絵梨に手を貸してくれているに過ぎないのだから、絵梨の素直な思いを伝えて気まずくなりたくない。

代わりに、その言葉に精一杯の気持ちを込めると、雅翔が満足げに頷いた。

「ありがとう」

「え？」

このタイミングでお礼を言うのは自分の方なのでは……。そう思う絵梨に、雅翔が言う。

「俺の存在を、君の中に置いてくれて」

「………」

なんとも恥ずかしいことをさらりと言われた。

複雑な思いと一緒にワインを呷《あお》ると、空になったグラスに新たなワインを注《つ》ぐべく、ウエイターが歩み寄る。

その気配につられて視線を動かすと、酷く不機嫌な顔をした桃花と目が合った。

夜景と会話に気を取られて、しばらくの間、彼女たちの存在を忘れていた。

今さらながらに二人の様子を窺《うかが》うと、桃花が絵梨に向かって、繰り返し口を動かしている。

気になって目を凝《こ》らすと、彼女の口は「ブース・バーカ・ブース」と動いていた。

「……」

比留川も比留川なら、桃花も桃花だ。

あまりに低レベルな言動に力が抜けてしまう。

それが、こんな素敵なレストランでの食事中にすることか。

しかも出てくる悪口は、それしかないのだろうか。小学生でももう少し、ボキャブラリーが豊富だと思う。

「個性的な子だね」

雅翔も桃花の口の動きに気付いたらしい。

「すみません」

自分の感情に任せて、他人が楽しんでいる時間を妨害する。そんなことを平気でする桃花に、自分まで恥ずかしくなった。

謝る絵梨に、雅翔が「俺こそごめん」と、詫びる。

「え？」

何故雅翔が謝るのだろうと驚く絵梨に、雅翔が「少し、意地悪が過ぎたかも」と、反省した様子で苦笑した。

彼はすぐにウエイターへ合図を送り、静かに近寄ってきた相手になにか伝える。

ウエイターは雅翔の言葉に頷くと、速やかに下がっていった。

「なにを言ったんですか？」

「うん？　ちょっとね」

首をかしげつつ食事を再開すると、さっきのウエイターが姿を見せ、比留川たちのテーブルの前で立ち止まる。その手には、新しいワインボトルがあった。

さらに、もう一人のウエイターが、綺麗にフルーツが飾られたデザートの皿を桃花の前へ置く。

ワインを持ったウエイターが、二人にボトルを見せながらなにかを話している。そして恭《うやうや》しい手つきで雅翔の方へと合図を送り、比留川の耳元でなにかを囁《ささや》いた。

比留川と桃花が、改めて雅翔へ視線を向けてくる。

悔しそうに奥歯を噛みしめている比留川に、雅翔が余裕綽々《よゆうしゃくしゃく》の様子で自分のグラスを掲《かか》げた。

「雅翔さん、あの人たちになにをしたんですか？」

「彼女の気分を害してしまったことを詫びたんだよ」

「……？」

不思議そうな顔をする絵梨に、雅翔が微笑む。

「彼女が怒って騒ぐと、絵梨ちゃんは気にするでしょ。復讐の一環……とは言っても、せっかくなら、絵梨ちゃんにはここでの食事を楽しんで欲しいんだ」

「そのために？」

「君のためなら、なんでもしてあげたいって、言ったでしょ」

雅翔の艶《あで》やかな笑みが眩《まぶ》しい。

視線のやり場に困って、桃花へと目を向けると、桃花が自分の前に置かれたデザートの写真を撮っていた。

「――っ！」

――この状況で写真撮ってる……

まさか後で、自慢げな文章と一緒にＳＮＳにアップでもする気だろうか。

ほとほと、彼女の逞《たくま》しさに感心する。

でもそんな桃花の向かいで、比留川は不機嫌な表情を浮かべていた。

プライドの高い比留川にとって、言ってみれば、格の違いを見せつけられたようなこの状況は、相当に屈辱だったに違いない。

そんな比留川の表情を見ても、絵梨にはもうなんの気持ちも生まれない。

それほど絵梨の心の中で、比留川の存在が小さくなっている。

「雅翔さんて……何でも屋って言うより、魔法使いみたいですね」

雅翔に出会って、驚くほど自分の気持ちが変化している。

「なにそれ」

ポツリと漏《も》れた絵梨の言葉に、雅翔が噴き出す。

そしてクシャリとした笑みを浮かべた。

「それが絵梨ちゃんの希望なら、魔法使いになれる努力をするよ」

どこまでも優しい雅翔に、心が疼《うず》いて困ってしまう。

「魔法使いは、努力してもなれませんよ」

照れ隠しでそう言い返すと、雅翔がまた優しく微笑む。

これ以上あちらを気にしているのは、雅翔の厚意に対して失礼だ。

そう割り切った絵梨は「では、食事を楽しませていただきます」と、明るく微笑み返した。

◇　◇　◇

「本当にアップしてる……」

まさかとは思いつつ、化粧直しのついでに、パウダールームで桃花のアカウントをチェックした絵梨は渋い声で唸《うな》った。

新着コメントの時間を確認すると、さっきアップしたばかりのようだ。

『彼とレストランで食事してたら、見知らぬ男性からスイーツのプレゼント。私って罪』

というコメントと共に添えられているのは、さっき雅翔がワインと共に送ったスイーツの盛り合わせだ。

「なんというか……」

恐ろしいことに、書いていることに嘘はない。

写真をトリミングしてデコると別人に仕上がるのと同じように、さっきの出来事も、桃花の脳内トリミングを受けるとまったく違ったエピソードになるらしい。

絵梨と桃花の見ている世界があまりにも違いすぎることに衝撃を受けた。

この書き込みが桃花の虚栄心からなるものなのか、本当に彼女には世界がこのように見えているのか判断がつかない。

どちらにしても関わりたくないと考えていると、背後から「あれっ」と、声が聞こえた。

この鼻につく甘い声……。嫌な予感を抱えつつ、鏡で背後を確認すると、桃花がパウダールームに入ってきたところだった。

「安達さん……」

嫌なところで会ってしまった。

早く退散しようと、会釈《えしゃく》してそのまま足早に出て行こうとする絵梨に、桃花の甘い声が纏《まと》わり付いてくる。

「ねえ絵梨ちゃん、一緒に来てる男の人の連絡先教えてくれる?」

「……なんで?」

なにを言い出すのだと驚く絵梨に、桃花が媚《こ》びるように微笑んだ。

「さっきのデザートのお礼を言わなきゃいけないじゃない。それに、会社の前で食事に誘われたのに、郁美ちゃんに邪魔されて、ちゃんとお返事出来なかったから」

いや。どう考えても、あの時雅翔が食事に誘ったのは郁美だけだ。

「じゃあ、私から伝えておくよ。食事の件は、本当に安達さんも誘ったのか、確認しておくから」

「それじゃあ駄目よ。ちゃんと私の言葉で伝えなきゃ」

「じゃあ、そこのロビーで待ってるから、直接お礼を言ってくれば？」

「駄目よ。一樹さんに誤解されちゃうもん。意地悪言わないで教えてよ」

桃花が絵梨の提案をすかさず却下する。

雅翔の電話番号を聞き出す方が、誤解を招くと思うのだが。

「連絡先とかって、個人情報だし勝手には教えられないから」

「あら、私になら問題ないわよ」

桃花が自信に満ちた表情で即答する。その表情から察するに、彼女の脳内トリミングが、桃花に都合のいい物語を生み出しているのだろう。

常識的に考えて、本人の許可なく、桃花に雅翔の連絡先を教えると思うのか。

それ以前に、桃花には比留川という婚約者がいるではないか。

婚約者とのデート中に――ことの真相は別として――絵梨をエスコートしている雅翔にちょっかいを出そうとする。

それは絵梨に対しても、比留川に対しても、とても失礼なことだと思わないのだろうか。常識のある大人だったら、わかりそうなものなのに。

――部長、いい人だけど、娘を甘やかし過ぎです。

心の中で、届くはずもない苦情を安達部長に訴える。

部長としては良かれと思って与えたのだろうけど、親の無償の愛情が、桃花の性格をここまで歪《ゆが》めてしまった気がしてならない。

そんな無償の愛を注《そそ》いでくれるのは親だけだ。普通なら社会に出て自然と気付くはずのことを、縁故《えんこ》就職をして部長の庇護《ひご》下で働く桃花はまだ気付けないでいる。

——与えられている幸せに、どうしてこの子は気付かないのだろう？

気付く必要もないくらい、自分は特別な存在だと思っているのだろうか。

これ以上桃花と関わると疲れるだけだ。そう思い無言で立ち去ろうとする絵梨に、桃花は懲《こ》りずになおも質問を投げかけてくる。

「ねえ、彼のお仕事はなに？　どこの大学出身？」

「……それを知ってどうするの？」

苛立ちを抑えて、足を止める。

「一樹さんより上かどうか、一応確認しておいた方がいいじゃない」

なんのために……。それに上とか下とか、一体なにを基準に決めるというのだろう。

絵梨は眉をひそめ、怒鳴りたい気持ちをぐっと堪《こら》える。

「悪いけど、知らないわ」

「なんで隠すの？　教えてよ意地悪」

甘えた声で抗議されても背中が寒くなるだけだ。

「彼を待たせているから、もう行くね」

「また私に盗られるのが怖いんでしょ？」

「……」

その言葉に思わず振り向くと、バカにしたような眼差しを向ける桃花と目が合った。

「大丈夫。もしそうなったら、一樹さんを絵梨ちゃんに返してあげるから」

「……なにを………！」

一体、この子はなにを言っているのだろうか。腹の底から湧き上がる嫌悪に表情が歪《ゆが》む。

どんな意図があったにせよ、比留川に好意を持っていたからこそ、婚約したのではないのか。

それを、もし雅翔が自分のものになったら、比留川を絵梨に返すとは、どういう理屈だろう。

まるで小さな子供が、新しい玩具《おもちゃ》が欲しくてだだをこねているようだ。

『絵梨ちゃんが持ってる新しい玩具《おもちゃ》の方がいいから、それちょうだい。その代わりに、この前取り上げたのを返してあげる』

つまりはそういうこと。それを、悪びれもせず言ってくる桃花が怖かった。

桃花の言葉には、相手に対するいたわりもなければ、配慮もない。

ただひたすらに、利己的で、自分に都合のいい幻想の中に生きている。

この子のリアルはどこにあるのだろう。

そんなことを呆然と考えていると、桃花が嘲笑《あざわら》うように言う。

「絵梨ちゃんは、親にも『いらない』って言われた子なんだから、拾ってくれるなら誰でもいいでしょ？」

「――っ！」

言いたいことはいっぱいあるのに、怒りで喉が詰まって言葉が出ない。

強く拳《こぶし》を握って立ち尽くす。そんな絵梨に向かって、桃花が「でも私は違うから」と、あからさまに蔑《さげす》んだ視線を向けてきた。

「私、絵梨ちゃんに生まれなくてよかった」

怒りで下唇を噛むと、ぴりっと唇に痛みが走った。最近噛むこともなくなった、艶《つや》のある柔らかな唇は、少しの刺激にも痛みを感じる。

――バカみたい……

唇を噛めば痛い。そんな当たり前のことを、ずっと忘れていた。

それを絵梨に思い出させてくれた雅翔は、「言いたいことを、我慢しなくていい」と絵梨に教えてくれた。なにがあっても、自分だけは絵梨の味方でいると言ってくれた。

絵梨は桃花に向き直り、背筋を伸ばして対峙する。そして、顎《あご》を引いてはっきりと言葉を告げた。

「私も、安達さんに生まれなくてよかったよ」

「――っ！」

人の痛みをわかろうとしないこんな子のために、自分を卑下《ひげ》し傷付ける必要なんてない。

相手を睨《にら》みつけ心のままに投げつけた言葉に、今度は桃花が息を呑んだ。

「誰かを貶《おとし》めて踏みつけなきゃ、自分の幸せが確認出来ないような子に、私はなりたくない。安達さんに私がどう見えていようが、私は私が幸せだって知ってるから」

「な、なにそれ、バカにしないでよ。私の方が、幸せに決まってるでしょっ！」

「じゃあ、それでいいじゃない。誰が誰より幸せかなんて、そんなの貴女にも私にも決める権利はないから」

親がいないことで、嫌な思いをしたことがないと言えば嘘になる。

それでも、幸せなこともいっぱいあった。些細《ささい》な日常の中で、幸せを見つけるのが上手《うま》くなった。そしてなにより、ありのままの自分を認めてくれる雅翔に会えた。

――大丈夫。私は幸せだ。

絵梨は自分を睨《にら》みつける桃花を無視して、パウダールームを後にした。

◇　◇　◇

絵梨との楽しい食事を終え会計を済ませた雅翔は、化粧直しに行った彼女をロビーの噴水前で待っていた。

――夜の十時過ぎ。

もう家に送った方がいいだろうか。それとも、もう一軒くらい付き合ってもらっても大丈夫だろうか。

それだったらどこに連れて行こうかと、スマホを操作していた雅翔は、誰かの視線を感じて顔を上げた。目の前に、自分を睨《にら》みつける比留川が立っている。

「お前、絵梨のなんなんだよ」

雅翔がなにかを言う暇も与えず、比留川が噛み付いてきた。

――絵梨……

別れたのなら、彼女を呼び捨てにしないでほしい。

自分でも呆れるくらい、絵梨のことに関しては心が狭い。つい苦笑いを浮かべると、比留川が「聞いてるのかよ」と、また吠える。

「……」

——酔ってるのか？

初対面の人間に対し、人としてどうかと思う言動だ。

呆れつつ、そういえばさっき、自分がワインをボトルで贈ったことを思い出す。

——人は酔うと本音が出ると言うから、これがこの男の素なのだろうな。

「もしかして、アイツに金で恋人役でも頼まれたんじゃないのか？」

黙っていると、比留川がさらに失礼な言葉を投げかけてきた。

確かに絵梨は、自分のことをそんな風に思っているかもしれない。

でもそれは絵梨の側にいるための方便であり、彼にまで、そう思わせる必要はない。

「俺が、そんな安い仕事で生きてる人間に見えるのか？」

「……」

不満げに目を細める比留川は、雅翔の頭から爪先《つまさき》まで、値踏みするように眺める。

そしてすぐに、ハッと息を呑んだ。

スーツや時計など、雅翔の身につけている物の価値に気付いたのだろう。それを認めるのが癪《しゃく》といった様子で、比留川が悔しげに口を開いた。

「アイツに誰かを雇う金なんて残ってるわけないか……。俺だって、アイツがあんなに綺麗になるとわかってたら、もう少し大事にしてやったのによ」

「大事にしてない自覚はあったのか……」

自然と声が低くなる。この男の口ぶりから、絵梨は金の無心《むしん》もされていたのだと察せられた。

雅翔の胃の底の方で、ドロドロした怒りが渦を巻く。

――どうして、こんな男を好きになったんだ。

そしてそれ以上に、何故自分は、彼女が本当に幸せかを確かめることなく、絵梨の人生に対して傍観者を決め込んでいたのだと後悔する。

メッセージのやりとりで満足していた自分に一番腹が立つ。

破れかぶれでもいいから、気持ちに気付いた時に全力で絵梨を口説《くど》けばよかった。

もし万が一にでも、絵梨が自分に振り向いてくれたのなら、比留川に裏切られ、あんなにも傷付くことはなかったかもしれないのに。

悔やんでも悔やみきれない思いが込み上げてくる。

――殴ってやりたい。

そんな衝動に突き動かされる。けれど、目の前の男に、自分の社会的地位を引き替えにするほどの価値がないことは承知していた。

感情に任せてその場限りの憂《う》さ晴らしをするより、時間をかけて、絵梨を傷付けたことを後悔させてやる方がいい。

――それにしても、なんでコイツは一人でいるんだ……？

あの自分大好きそうな婚約者はどうした。

絵梨が来る前に、この酔っ払いを回収して欲しいのだが。

桃花の姿を求めて周囲を見渡すと、噴水の向こう側にあるパウダールームから絵梨が出てくるのが見えた。その後に続いて、桃花も出てくる。

なるほどこの男も、彼女の化粧直しを待っていたのか。

この二人が、絵梨になにか失礼な言葉を投げかける前にこの場を離れよう。

そう考えて、雅翔が絵梨の方へと歩き出した、その時――

絵梨の体がロビーにある噴水に向かって大きく傾いた。

「――絵梨ちゃんっ！」

咄嗟《とっさ》に駆け寄る雅翔の目の前で、絵梨の体が噴水の中に倒れ込む。

「キャッ」

小さい悲鳴と共に、バシャンッという派手な水音が響いた。

息を呑む雅翔の視界に、彼女の背後に立っていた桃花の姿が入った。

悪意に満ちた顔で腕を前に突き出している桃花を見て、彼女が絵梨を噴水に突き飛ばしたのだと理解する。

「絵梨ちゃん、大丈夫？」

噴水の水の中で呆然とする絵梨に、雅翔が駆け寄る。

「怪我はない？　俺に掴《つか》まって」

雅翔はスーツのまま噴水の中に入り、呆然としたまま座り込む絵梨の手を引いて立ち上がらせた。

背後で比留川が「ざまあぁ」と言って、笑うのが聞こえる。

それがこの状況で、口にしていい言葉かどうかもわからないらしい。

抱き寄せる腕の中で、絵梨が唇を噛む気配を感じる。

そんな状態でも「スーツを濡らしちゃって、ごめんなさい」と、自分を気遣ってくる彼女がいじらしかった。

「謝らないで」

俯《うつむ》く絵梨の髪から滴《したた》る雫《しずく》が、彼女の涙ではないかと不安になる。

「……雅翔さん？」

思わず顎《あご》に手を添えて顔を上げさせると、絵梨が驚いた顔をする。泣いていないことに安堵の笑みが零《こぼ》れた。

「よかった」

「あっ……っ」

気が付いたら、絵梨を強く抱きしめていた。

腕の中で絵梨が動揺しているのがわかるけど、彼女を抱きしめた腕を解く気にはなれない。

「守れなくてごめん。もう二度と、君にこんな思いさせないから」

――この二人は、絶対に許さないから。

そう強く決意し、雅翔は絵梨を抱き上げた。

雅翔が絵梨を抱えたまま噴水から出ると、桃花がさも驚いた様子で駆け寄ってきた。

「絵梨ちゃん、大丈夫？　突然転んでビックリした」

絵梨を心配してる体《てい》を装《よそお》う桃花の視線は、何故か絵梨ではなく雅翔に向けられている。

女性のこの手の媚《こ》びた視線が苦手な雅翔は、桃花から視線を逸《そ》らして絵梨を立たせた。

そこで、ホテルの従業員がタオルを手に駆けつけてくる。

それを何故か、桃花が取り上げた。

「絵梨ちゃん、本当にとろいんだから」

――ふざけるな。

雅翔は心の中で吐き捨てる。自分でやっておきながら何食わぬ顔で絵梨の世話を焼こうとする桃花から、タオルを奪い取った。

「汚い手で、彼女に触るな」

侮蔑《ぶべつ》を隠さない雅翔の視線に、桃花の表情が強張《こわば》る。でもそんなことどうでもいい。

雅翔は、そのまま冷たい視線を比留川へ移した。

「ストロボ企画の比留川君、君の程度はよく理解した。不愉快だから、この場から消えてくれないか」

この女を連れてさっさと帰れと告げる雅翔に、比留川がなにか言おうとしたが、それをホテルの従業員が宥《なだ》める。

その間に雅翔は、別の従業員に案内され、絵梨の肩を引き寄せて歩き出した。

◇◇◇

「酷い目に遭《あ》ったね」

急遽《きゅうきょ》用意してもらったホテルの部屋で、雅翔が、バスルームから持ってきたタオルで優しく絵梨の髪を拭いてくれる。

綺麗にセットしていた髪が、不格好に崩れてしまっていた。丁寧に仕上げた分、崩れると収拾がつかない。

きっと服もメークも、惨《みじ》めな状態になっているだろう。

「……」

さっきはあまりのことに驚いて気が回らなかったけど、雅翔の目に映る自分の姿を想像すると、今さらながらに情けなくなる。

「絵梨ちゃん、泣いてる？」

こんな自分を見られたくない——そう思って俯《うつむ》く絵梨を、雅翔が心配してくる。

「酷い顔しているから、見られたくないなって……」

絵梨の言葉に、雅翔が「なんだそんなことか」と、ホッと息を吐く。その優しい声が、濡れた絵梨の首筋に触れる。

「さっきも言ったけど、俺の目に映る絵梨ちゃんは、いつでも綺麗だよ」

「嘘つき」

「嘘じゃないよ」

そう囁《ささや》く声がやっぱり優しくて、これ以上その言葉を否定できない。

だからといって絵梨の格好が酷いことは本当なので黙っていると、彼はそれ以上なにも言わず、丁寧な手つきで髪や頬を拭いてくれた。

「……」

「どうする、シャワーを浴びるかい？　濡れたままだと、体も冷えるし」

ゆっくり時間をかけて髪を拭いてくれた雅翔が、タイミングを見計らって聞いてきた。

足下を見ると、ワンピースから滴《したた》る水滴で絨毯《じゅうたん》にシミが出来ている。

よく考えれば、ここまでずぶ濡れになったのだから、拭くよりもシャワーを浴びて着替えた方が早い。

濡れた髪や頬を、時間をかけて拭いてくれていたのは、きっと絵梨が落ち着くのを待ってくれていたのだ。

「気が付かなくて、ごめんなさい。ありがとうございます」

もう大丈夫ですと、雅翔の手を解《ほど》こうとする。だが、それより早く雅翔の腕が絵梨を抱きしめてきた。

「――キャッ」

急に強く抱きしめられたことに驚く絵梨を、雅翔はそのまま軽々と抱き上げた。

不意に体が浮いた驚きと、不安定な体勢に、絵梨は咄嗟《とっさ》に雅翔の首へしがみついた。

「転ぶといけないから、バスルームまで運ぼう」

そう話す雅翔の声は、焦る絵梨をからかっている。

「大丈夫です。転んだりしません」

そう訴えても、雅翔はその訴えを無視して、絵梨を抱き上げたままバスルームへと向かった。

彼はバスルームに繋《つな》がるパウダールームに入ると、絵梨の体をそっと床に下ろす。

「絵梨ちゃん……？」

床に下ろされた絵梨は、今度は自分の方から腕を雅翔の背中に回した。

雅翔に今の自分の姿を見られないよう注意しながら、絵梨は再び「ありがとうございます」と、お礼を言う。

「なにが？」

強く頬を押しつけた温かな体から、雅翔の鼓動を感じる。

「私に出会ってくれて。私の復讐に協力してくれて。……今、なかなか悲惨な状態になっているけど、それでも雅翔さんがいてくれるから、私は大丈夫です」

「……」

「雅翔さんが何者でもいいです。私だけの、何でも屋さんの雅翔さんに出会えて、よかったです」

「……絵梨ちゃん、今幸せ？」

絵梨を強く抱きしめ返し、雅翔が尋ねる。その問いに、さっき桃花に胸を張って宣言したことを思い出した。

「幸せです」

頷く絵梨の耳に、雅翔の「よかった」という優しい囁《ささや》きが触れる。

その声が優しくて、愛おしくて、ギュッと腕に力を込めると、雅翔の手が絵梨の顎《あご》に触れた。彼はそのまま絵梨の顎《あご》を持ち上げる。

促《うなが》されるまま顔を上げると、自分に熱い眼差しを向ける雅翔と目が合った。

「……雅翔さん」

絵梨が名前を呼ぶと、その声に誘われたように雅翔の顔が近付いてくる。

絵梨はそっと目を閉じて、彼の行為を受け入れた。

雅翔の唇が自分の唇に触れる。

「……………はぁっ」

「……っ」

短いキスを交わして、雅翔が絵梨に言う。

「お願いだ、これから先も、君を幸せにする権利を俺にちょうだい」

「え？」

「君のためにならどんな努力でもする。だから、他の誰かの隣じゃなく、俺の側にいて」

そこでようやく、雅翔に告白されているのだと気付いた。

「……同情して、私の復讐の手伝いをしてくれていたんじゃないんですか？」

驚く絵梨に、雅翔が「俺はそこまで暇じゃないよ」と苦笑する。

「必ず大切にするから……俺に、君を幸せにさせて。そして俺に、絵梨ちゃんに触れる権利をちょうだい」

そう熱く囁《ささや》きながら、雅翔の唇が再び絵梨に触れる。

彼とは出会って間もないけれど、濃密な時間を過ごした。その中で、徐々に雅翔に惹かれていた絵梨に、その申し出を拒《こば》む理由はない。

雅翔の唇が柔らかい。お互いの唇の感触を確かめるように、軽く唇を重ねては離す。

雅翔が絵梨の耳元に唇を寄せ、「好きだよ」と、囁《ささや》いた。

「私も、雅翔さんが好きです……」

「ありがとう」

照れながら言葉を返す絵梨に、雅翔が嬉しそうに微笑んだ。

それを合図に、雅翔の手が絵梨の背中を撫でてくる。

「……っ」

彼の手の感触に緊張し、絵梨が息を呑む。

「濡れたワンピースを一人で脱ぐのは大変だろうから手伝うよ」

「えっと……」

確かに上半身がタイトな作りのワンピースを着ているので、一人で脱ぐのは難しいと思う。それでも雅翔に脱がされるのは恥ずかしい。

戸惑う絵梨に、雅翔が「このままじゃ風邪を引くから」と、告げる。

そして彼は、濡れて絵梨の背中に張り付く生地《きじ》の上を、大きな手で撫で上げた。

「――っ」

背中全体を撫でる雅翔の手の動きが艶《なま》めかしい。

抑えようとしても、つい体が緊張してしまう。

「脱がすよ」

そう確認された絵梨が消え入りそうな声で「はい」と、頷くと、雅翔は乱れて首筋にかかる絵梨の髪を纏《まと》めて左側に流した。

彼はゆっくりとファスナーを下ろしていく。けれど、濡れているせいか、時々引っかかる。

緊張しながら、絵梨は雅翔の胸に頬を寄せた。濡れたシャツ越しに感じる雅翔の肌が熱い。

つられて絵梨の頬も熱くなってしまう。

完全にファスナーを下ろされても、濡れて肌に張り付いたワンピースは、絵梨の体から滑り落ちることはない。

雅翔は、絵梨の背中を撫でるようにしてワンピースを脱がしていく。腕の細さを強調するデザインの長袖は、絵梨が協力して腕を動かしても、なかなか脱ぐのに苦労した。

言葉がなくても、雅翔の望んでいることがわかる。

お互いの息遣いを感じながら、協力して濡れたワンピースを脱いでいく。

ようやくワンピースを脱ぎ終えると、雅翔の手がブラジャーのホックにかかった。

「あ、後は……――っ！」

自分で出来ます——絵梨がそう言うより早く、雅翔の唇が絵梨の首筋に触れる。

雅翔の唇が驚くほど熱い。

不意打ちの口付けに緊張する絵梨に、雅翔が強い口調で告げた。

「触れていいって言ったんだから、もう離さないよ」

彼はさっさと絵梨から下着を剥《は》ぎ取ると、ためらいもなく自分の服を脱いだ。

初めて目にする雅翔の体は、ほどよく筋肉がついて引き締まっていて、芸術作品のように均整が取れていた。

そんな雅翔を前にして、絵梨は目のやり場に困る。それに、彼に生まれたままの姿を晒《さら》していることが恥ずかしかった。

「……」

「洗ってあげるからおいで」

雅翔は緊張して俯《うつむ》く絵梨の手を引き、バスルームの中へ入っていく。

雅翔がシャワーのコックを捻《ひね》ると、大理石の床に細《こま》かい水しぶきが撥《は》ねる。すぐに熱い蒸気がバスルームに満ちていった。

「あっ」

雅翔に導かれるままシャワーの下に立つ。冷えた肌にはお湯が予想以上に熱く感じられた。思わず身を引こうとしたら、雅翔が絵梨を背後から抱きしめてその動きを止める。

「すぐに慣れるから大丈夫だよ」

そう囁《ささや》く雅翔は、絵梨の裸体を優しく撫で、肌にお湯を馴染《なじ》ませていく。

最初は熱く感じていたお湯が、すぐにほどよく思えてきた。

絵梨の緊張感がほぐれるのを待って、雅翔は近くにあったボディソープを手のひらにプッシュした。

そしてシャワーヘッドの向きを変え、シャワーの湯が直接当たらないよう調節する。

そして絵梨の体の上にボディソープの付いた手を滑らせていく。

雅翔の手が肌の上を通るたびに、ぬるぬるとした感触と小さな泡が残る。

「ん……っ……」

「じっとして」

雅翔に触れられた肌が熱い。

「あ……っ……やぁっ」

ヌルリとした感触と、雅翔の指が触れる感触が艶《なま》めかしくて恥ずかしい。

声を我慢しようとしても、つい熱い吐息が漏《も》れてしまう。

指を噛んで声を押し殺していると、雅翔の指が絵梨の胸の膨らみに触れた。

「絵梨ちゃん、胸大きいね。……ずっと見ていたのに気付かなかった」

艶《なま》めかしく胸を撫でる雅翔が言う。

「……っ」

ずっと……という言葉が一瞬心に引っかかった。

その言葉に、長い時間を感じたのだけど、雅翔の指の動きが考えを纏《まと》める暇を与えてくれない。

「あぁぁっ」

敏感な場所に触れる指の感触に、声を抑えることが出来ない。

バスルームに甘い声を響かせる絵梨を楽しむように、雅翔が妖《あや》しく胸に指を這《は》わせる。

胸の膨らみから先端まで丹念に撫でた手は、そのまま絵梨の体の下へと辿《たど》っていく。

雅翔の手が目指す場所を察して、ついその動きを止めようとした。けれど、彼は絵梨の制止をものともせず、脚の付け根へと手を移動させる。

腹部から脚の付け根へと手を滑らせ、絵梨の薄い茂みを撫でた後、彼の手は背後へと移動した。

肉付きの薄い尻を撫でられ、触れられていない体の深い場所が疼《うず》き始める。

「…………くっぅ」

切ない声を漏《も》らす絵梨に、雅翔の手の動きが変わった。

腰を支えたまま雅翔の手が絵梨の胸の膨らみに触れる。

大きな手で鷲掴《わしづか》みにされた胸は、ボディソープでぬるりと滑って、彼の手の中から逃げ出してしまう。その動きが楽しいのか、雅翔は繰り返し胸を掴《つか》んでくる。

絵梨が堪《たま》らず身悶《みもだ》えると、背後に立つ雅翔の興奮を背中に感じた。

思わず身を強張《こわば》らせる絵梨に、雅翔は硬く尖った絵梨の胸の先端を指で摘《つ》まんで引っ張る。

「あっ……やぁ………恥ずかしい……っ」

「逃げちゃ駄目だよ。綺麗にしてあげるから」

そう囁《ささや》かれて耳を優しく噛まれると、それだけで体の力が抜けて抵抗できなくなる。

絵梨がおとなしくなると、腰を支えていた雅翔の手がそっと絵梨の脚の付け根へと移動していく。

ぬめる茂みを指で遊ばれるだけで、膝から崩れ落ちてしまいそうになった。

雅翔の腕に自分の手を絡《から》めそれをどうにか堪《こら》えていると、雅翔の指が絵梨の秘所へ触れる。

「あっ——っ」

雅翔の指に蜜口を撫でられ、ボディソープだけではないぬめりをはっきり意識した。

「絵梨ちゃん、濡れてるね」

わかる？　と、問いかけるように、雅翔が絵梨の内ももを撫でる。彼の指の動きに合わせて、秘所に淫《みだ》らな潤《うるお》いを感じた。

「…………っ」

絵梨が首の動きでその問いに答えると、雅翔は再び絵梨の蜜口へと指を這《は》わせる。

秘所の入り口に触れた指が、蜜で張り付いている肉襞を開いてその隙間を擦ってきた。

雅翔は洗っているつもりかもしれないけど、彼の動きは絵梨の体を切なく疼《うず》かせる。

「あ……あっ……っ」

今にも中に指が入ってきそうだ。無意識に、絵梨の腰が彼を誘うように震えてしまう。

自然と漏《も》れてしまう声が、酷く甘くて恥ずかしい。

「感じる？」

「……」

耳元で囁《ささや》かれた絵梨が黙っていると、雅翔はその答えを体に求めるみたいに指を蠢《うごめ》かす。

いつのまにか熱く膨らんだ肉芽を、人差し指と中指の間に挟んで擦られ、それだけで体の力が抜けてしまった。

「はぁッ……っ」

熱い息を吐き、壁に手をつき目の前のシャワーフックのポールにしがみつく。そんな絵梨の体を、雅翔は遠慮なく攻め立てていった。

下半身を丹念に愛撫《あいぶ》されながら、もう一方の手で胸を弄《もてあそ》ばれ、立っていることさえ辛くなってくる。

なんとかポールにしがみついて、崩れ落ちることを堪《こら》えていると、雅翔の声が聞こえた。

「絵梨ちゃん……」

名前を呼ばれて顔を上げると、シャワー脇の鏡越しに自分を見つめる雅翔と目が合った。それと同時に、お湯に濡れ、雅翔の愛撫《あいぶ》に乱れた自分の姿が目に入る。

恍惚《こうこつ》と頬を上気させ、潤《うる》んだ目をしたいやらしい顔つきの女。最初、それが自分だとは信じられなかった。

雅翔の腕に身を任せる自分は、絵梨自身が知らなかった女の顔をしている。

「……」

「すごくいやらしい顔をしてる」

そう囁《ささや》きながら雅翔の指が二本、予告無しに絵梨の中に沈んできた。

「あぁぁぁっ」

不意に侵入してきた指の感覚が、あっという間に下腹部を支配する。

愛蜜とボディソープで滑る指は、なんの抵抗もなく、絵梨の奥へと進んでいった。

深く沈み込んできた彼の指は、そのまま絵梨の膣内を掻き混ぜ始める。

「あぁっ……くぅ……雅翔さんっ……ダメッ」

いつもは底抜けに優しい雅翔が、絵梨の懇願《こんがん》を無視して指を動かす。

逃れようのない快楽に、膝の震えが止まらない。

雅翔は容赦なく、絵梨の膣中で指を抽送《ちゅうそう》させた。

激しい愛撫《あいぶ》に、今にも脚の力が抜けてしまいそうだ。

「そろそろ限界？」

小刻みに震える絵梨の背中に口付けをしつつ、雅翔が聞いてくる。

「ん……っ」

絵梨が切ない声で頷くと、雅翔は胸を弄《もてあそ》んでいた手を絵梨の下半身へと移動させ、熱く膨らんだ絵梨の肉芽を擦った。

さらに、もう一方の手で中を激しく擦られ、絵梨が悲鳴にも似た嬌声《きょうせい》を上げる。

「あっ……雅翔さん………ぁぁあぁぁあっダメッ、もう……触らないでっ」

彼の愛撫《あいぶ》に、もう耐えることが出来ない。

絵梨は、雅翔の腕の中で激しく体を跳ねさせた。

捕らえられてもがく魚のように、ビクビクと体を跳ねさせた絵梨が、ぐったりと脱力する。雅翔が素早く腕に力を込めて、その体を支えた。

彼はこれまでの激しさが嘘みたいに、シャワーのお湯で丁寧に絵梨の体の泡を流していく。

「雅翔さん……っ」

掠《かす》れた声で名前を呼ぶと、雅翔は優しくキスをして、バスタオルで絵梨の体を包む。

そして、そのまま抱き上げた。

突然の浮遊感に驚く絵梨に、雅翔が「続きはベッドで」と、囁《ささや》く。

「……っ」

これで終わりではないのか。一瞬、戸惑った絵梨だけど、雅翔が満足していないことはわかっている。

雅翔は、ぐったりと脱力する絵梨をベッドへと運んでいった。

絵梨をそっとベッドに下ろした雅翔は、すぐにバスタオルを取って絵梨の裸体に視線を向ける。

「そんなに、見ないで……」

さっきあれほど激しい愛撫《あいぶ》を受けたばかりだけど、それでも素肌を晒《さら》すのは恥ずかしい。

雅翔の視線を遮《さえぎ》ろうと、絵梨は雅翔の目の前に手を伸ばした。

「嫌だよ」

絵梨の要望を断り、雅翔は絵梨の手を捕らえ唇を寄せる。

チュッと手のひらにキスをすると、唇を絵梨の指へと滑らせその指先を口に含んだ。

「――っ！」

雅翔の口の中が驚くほど熱い。熱くぬるりとした彼の舌を指先で感じると、先ほどの激しい愛撫《あいぶ》の感覚が蘇《よみがえ》り、絵梨の体を疼《うず》かせる。

体の深い場所が雅翔の熱を求めていた。

絵梨の指を口に含んだ雅翔は、そんな絵梨の欲望を見抜いているのか、さらなる欲望を煽《あお》るがごとく、熱く湿った舌を指に絡《から》めてくる。

「っやぁあっ……」

爪と肌の境目を舌で嬲《なぶ》られ、つい甘い声が漏《も》れてしまう。

淫《みだ》らでくすぐったい感触から逃れたくて手を引こうとしたけれど、雅翔に手首をしっかり捕らえられていてそれが出来ない。

雅翔が絵梨を窘《たしな》めるように、指先に歯を立てる。

それほど強く噛まれたわけではないのに、その感触が痛みではなく痺《しび》れとして絵梨の体を突き抜けた。

「ああ」

「逃がさないよ」

指から唇を離して雅翔が宣言する。

そして再び絵梨の指を口の中に含み、舌で嬲《なぶ》っていった。

「――っ……………あぁっ」

指の付け根まで口に含み、ゆっくりと舌を這《は》わせる。

ねっとりと舌を絡《から》められるその感触が堪《たま》らない。絵梨の口から艶《つや》やかな声が漏《も》れる。

雅翔は小さく笑って、絵梨の指を解放した。その際、音を立てて指の腹が舌で撫でられる感触に、絵梨は体をくねらせる。

「雅翔さん……」

思いを込めて名前を呼ぶと、雅翔が顔を寄せてきた。

絵梨の手を、雅翔の大きな手が包み込んでくる。

そのまま雅翔の顔が、絵梨に近付いた。

互いの額《ひたい》、鼻、頬と、順番に肌を触れさせて、最後に唇を重ねる。

特別な合図を送らなくても、絵梨には雅翔の求めている動きがわかった。

互いの動きが自然にシンクロしていくのが嬉しい。

自然に引き寄せ合う形で唇を重ねていると、不意に雅翔の舌が絵梨の舌に触れた。

――雅翔さんの舌、熱い。

絡《から》みつく雅翔の舌の熱に驚きつつも、絵梨の方からも雅翔の舌を求めてしまう。

「……っくぅっ」

「絵梨っ」

しばらく、互いに貪《むさぼ》るように舌を絡《から》め合った。やがて絵梨が、息苦しさから顔を逸《そ》らすと、雅翔が絵梨の名を呼んだ。

「好きだよ」

そう囁《ささや》いた雅翔は、絵梨の顎《あご》に手を添えて再び唇を求めてくる。

深く舌を絡《から》められ、強く吸われた。

さらに激しい口付けに気を取られている間に、絵梨の上へ覆《おお》い被さってきた雅翔の体に、柔らかな胸を押し潰される。

緊張で、自分の鼓動が加速していくのがわかった。

そんな絵梨の思いを読み取ったように、雅翔は少し体を浮かせて絵梨の胸に手を当てる。

「すごくドキドキしてるね」

「……っ」

そう言われると、自分でも鼓動の速さを意識してしまう。

恥ずかしさに俯《うつむ》く絵梨の胸を、雅翔の手がゆっくりと揉み始めた。

彼の手の動きに合わせて、絵梨の胸が変形する。

「っ、……ぁっ」

絵梨の胸の柔らかさを楽しむみたいに、強く柔《やわ》く強弱を付けて揉みしだく。

「絵梨ちゃん、力を抜いて」

雅翔がそう囁《ささや》き、絵梨の胸に顔を埋《うず》めた。

雅翔は、クチュリと湿った音を立て、絵梨の胸の谷間にキスをする。そして、突き出した舌を胸の膨らみに這《は》わせた。

ヌルリとした温かい舌の感触に、絵梨が腰をくねらせる。

雅翔は、絵梨のさらなる反応を求めて執拗《しつよう》に舌を動かす。彼の舌は、硬くなった胸の先端を捕らえて舐《ねぶ》ってきた。

「あっ……っ……やぁっ」

卑猥《ひわい》な舌の動きに、全身が痺《しび》れる。

胸を刺激されただけで、さっきバスルームで散々愛撫《あいぶ》された体は、もっと強い刺激を求めて疼《うず》いた。

「絵梨ちゃん、もっと声を聞かせて」

「……っ」

一瞬胸から唇を離した雅翔が熱く囁《ささや》く。

そんな風に求められると、逆に声を出すのが恥ずかしくなる。

でも雅翔はそんな様子が気に入らないのか、胸を甘噛みしてきた。

「──っあっ！」

不意に与えられたチリチリとした痛みに、絵梨が甘い悲鳴を漏《も》らす。雅翔は小さく笑い、再び絵梨の胸に舌を這《は》わせた。

蕩《とろ》けるような舌での愛撫《あいぶ》とは別に、雅翔は乱暴に絵梨の胸を揉みしだく。甘さと激しさがまぜこぜになった愛撫《あいぶ》に、羞恥心《しゅうちしん》が薄れていく。

「あっ、やぁっ……っあぁぁっ」

「そうだよ、もっと声を聞かせて」

身悶《みもだ》える絵梨を、雅翔が甘い声で誘う。

執拗《しつよう》に胸を嬲《なぶ》られて、絵梨は無意識に、雅翔へ胸を突き出す姿勢を取っていた。

これではまるで、絵梨から雅翔に愛撫《あいぶ》を求めているようだ。

雅翔は、それに応《こた》えるべく、より激しく彼女の体を愛撫《あいぶ》していく。

「あぁ……駄目っ…………やぁぁっ」

淫《みだ》らに動く雅翔の舌に、絵梨が声を震わせる。

雅翔の息遣いも次第に荒くなり、吐き出す息にも熱がこもっていく。

普段の雅翔とは別人のような荒々しい息遣いに、絵梨の体が震えた。自分が小動物になって、彼に食べられてしまうみたいな錯覚に陥《おちい》る。

雅翔の舌の動きに、絵梨の意識が蹂躙《じゅうりん》されていく。

「雅翔さん、熱……い」

絵梨が切ない声を漏《も》らす。

「どこが？」

そう問いかけながら、雅翔の右手が絵梨の胸から離れ、するすると体のラインを撫でていく。

雅翔は絵梨のどこに熱がこもっているのか承知しているらしく、腰のくびれをなぞった手は、絵梨の左太ももから膝へと下がっていった。

絵梨の滑《なめ》らかな膝小僧を数回撫で、そのまま膝の裏側に手を回し絵梨の左脚を持ち上げる。

それにより、閉じていた足の間に隙間が生まれる。

雅翔は絵梨の脚を撫で、熱い蜜を滴《したた》らせる彼女の秘所に触れた。

「んぅっ！」

ほんの一瞬触れられただけで、絵梨の体が激しく跳ねた。

「ほんとだ……熱い」

絵梨の潤《うるお》いを指で確かめながら、雅翔が囁《ささや》く。

その言葉に、頬が熱くなる。

「意地悪……」

絵梨が甘い声でなじると、雅翔はさらに深く絵梨の蜜を求めて指を蠢《うごめ》かせる。

蜜を絡《から》めた指で肉芽を押し潰され、乱暴に擦られた。そんな風にされると、体の奥から狂おしいほどの熱が溢《あふ》れてくる。

「感じる？」

彼の指の動きに合わせて体を跳ねさせる絵梨に、雅翔が聞く。

わざわざ言葉で確認しなくても、彼にはわかっているはずなのに……

恥ずかしさで答えられずにいる絵梨の目を見つめ、雅翔は指を妖《あや》しく動かした。

「…………やぁっ……駄目っ…………くぅうっ」

指の動きだけでなく、自分を見つめる雅翔の視線が絵梨を苛《さいな》む。

淫《みだ》らに乱れる姿が雅翔の視線に晒《さら》されているのだと思うと、羞恥心《しゅうちしん》でどうにかなってしまいそうだ。

雅翔の腕の中にいる絵梨は、まるで獣に捕らえられた小さな獲物のように無力だった。

「駄目じゃないよ」

そう囁《ささや》いた雅翔は、体の位置を変え、絵梨の内ももに口付ける。そして、焦《じ》れったいほどゆっくり秘所に向かって唇を這《は》わせ、絵梨の蜜口へと顔を寄せた。

「――っ！」

絵梨の蜜口へ顔を埋《うず》めた雅翔は、そのままチュチュッと淫靡《いんび》な水音を立てて絵梨の蜜を吸う。

「あぁ……ぁぁっ」

一度達して敏感になっている場所を吸われて、痛みと痺《しび》れがまざり合ったみたいな感覚が絵梨の体を貫く。

その感覚に全身を震えさせるが、彼にしっかりと体を押さえられた状態ではどうすることも出来ない。

与えられる刺激をただ享受するしか出来ない絵梨が喘《あえ》ぐ。すると、雅翔は舌で絵梨の肉芽を転がしてきた。

孤を描くように肉芽を転がす雅翔の舌は、不意に角度を変えて絵梨の陰唇から溢《あふ》れる蜜を求める。

そのヌルリとした感触に、さっきよりも蜜を溢《あふ》れさせていることを実感させられた。

雅翔は、絵梨に己の潤《うるお》いを実感させるかのように丹念に舌を動かし、蜜を啜《すす》っていく。

「雅翔さん、ヤァッ……それ、駄目っ」

ねっとりとした舌での愛撫《あいぶ》に体が震えた。

もがく絵梨を、雅翔がさらに激しく攻め立てる。

雅翔の尖らせた舌が、陰唇を押し分け、蜜壺の浅い部分を探ってきた。

上から下へ、下から上へと、陰唇の形を確かめるみたいに動く舌が堪《たま》らない。絵梨は無意識に膣を痙攣《けいれん》させた。

「いやぁ……っ」

絵梨は羞恥《しゅうち》から雅翔の肩を押すけれど、その体はびくともしない。それどころか、雅翔は肩で絵梨の脚を押し広げ、さらに深く舌を沈めてくる。

「あぁっ、……やぁっ」

熱く柔らかな舌が蜜壺を出たり入ったりするたびに、絵梨は熱い息を吐く。

熱に浮かされているような絵梨の声に、雅翔の舌がより激しく淫靡《いんび》に秘所を攻め立てる。

そして時おり、敏感になっている肉芽を舌で押し潰し音を立てて吸い上げた。

「――っ！」

彼の情熱的な愛撫《あいぶ》に、堪《こら》えようもなく腰が動いてしまう。

雅翔から一方的に与えられる刺激に、為《な》す術《すべ》もなく体が甘く疼《うず》いていく。

「雅翔さん……もうっ！」

体が熱くて、下半身がどろどろに溶けてしまったようだ。

これ以上は耐えられないと、絵梨が熱っぽい声で雅翔の名前を呼ぶ。

次の瞬間、一気に絶頂まで上《のぼ》り詰めた。激しい硬直に襲われた体は、その直後、ぐったりと弛緩《しかん》する。

「いった？」

声に出すのが恥ずかしい。無言で頷く絵梨の体を雅翔が抱きしめる。

だが、彼はすぐに絵梨と距離を取ると、忙《せわ》しない呼吸を繰り返す彼女の胸に再び唇を寄せた。

達したばかりの肌を、愛蜜に濡れた舌で刺激されると、ゾクゾクとした痺《しび》れが体を包んでいく。

「あっ……今はっ、駄目っ…………もうっあぁっ」

さらに雅翔は、蜜に潤《うる》んだ場所に再び指で触れる。

指先で熱く尖った部分を転がした後、雅翔の長い指が、ゆっくりと絵梨の中へと沈んでいった。

「ああっ……！」

絵梨は苦しそうに腰をくねらせる。

中が熱を帯びているのか、雅翔の指が熱いのか、それはわからない。でも雅翔の指が奥へと進むたびに、絵梨の下腹部を切ない熱が襲う。

「あっっ……ぁぁっ」

膣に沈んだ雅翔の指が、中でぐるりと弧を描いた。

敏感な肉襞を擦られるその刺激に、絵梨の子宮が淫《みだ》らに収縮する。

堪《たま》らず絵梨は雅翔の背中に手を回し、強く抱きしめた。

雅翔はそれを、絵梨がもっと激しい刺激をねだっていると受け取ったらしい。急に激しく指を動かし始めた。

「あぁあっ、はぁっ……っ雅翔、さんっ」

絵梨が切なく声を震わせながら名前を呼ぶと、雅翔はさらに淫《みだ》らに絵梨の体を刺激していく。

「あっ！」

甘い痺《しび》れに身を任せていると、雅翔が、絵梨の胸に歯を立ててきた。

敏感になった肌に、チリチリとした痛みが走る。

その責め苦にシーツの上で脚を滑らせ身悶《みもだ》えていると、不意に限界が訪れ、絵梨は大きく背中を反らした。

「――ぁあっ」

小刻みに体を震わせる絵梨に、雅翔が「もう満足？」と、問いかけてきた。

「………っ」

じゅうぶん満足しているはずなのに、体はさらなる刺激を求めてしまう。

貪欲な自分の体が恥ずかしい。

黙り込む絵梨の顎《あご》を持ち上げ、雅翔が優しく唇を噛む。

湿った絵梨の唇を甘噛みし、深く唇を重ねて舌同士を絡《から》めた。そうしながら、雅翔は蜜壺に沈めたままの指を動かす。

強い刺激に、達したばかりの体が過剰な反応を示す。

「あぁぁっぁっ……。雅……翔さん………」

絵梨は声を震わせて名前を呼んだ。雅翔は「挿れていい?」と、問いかけてくる。

「……んっ」

熱い息を吐きつつ絵梨が何度も頷いた。すると雅翔は、絵梨の額《ひたい》に短い口付けをした後、一度ベッドを抜け出していく。

すぐに戻ってきた雅翔の手には避妊具があった。彼は、手早くそれを装着すると、そのまま絵梨の体に自分の体を寄せる。

「好きだよ」

そう囁《ささや》き、雅翔は柔らかくほぐれた絵梨の陰唇を指で開いた。濡れた蜜口に雅翔の熱く滾《たぎ》った先端があてがわれる。

その熱さに、絵梨の体が期待と緊張で震えた。

「私も……」

そう返した直後、雅翔は絵梨の陰唇を押し広げ、一気に自身を沈めてくる。

「あぁあぁぁ――っ」

なんの抵抗もなく押し入ってくる肉棒に、自分がどれだけそれを待ちわびていたのか思い知らされた。

ずぐずぐと沈んできた雅翔のものが膣壁の奥に触れる感触に、絵梨の体が震える。

「はっぁあっぁあっ、……あぁぁあっゃっ…………やっぁあ、あたる」

切なく痙攣《けいれん》する媚壁に、雅翔が苦しそうに眉を寄せた。彼はその苦しさを打ち消すように、激しく腰を動かして絵梨を翻弄《ほんろう》してくる。

雅翔が腰を動かすたびに、腰が甘く痺《しび》れて、体の力が抜けていく。

「ああ、もう……」

いく、とは恥ずかしくて言葉には出来ない。でも込み上げる悦楽《えつらく》の波は堪《こら》えられない。

自分の絶頂が近付いていることを伝えるため、絵梨は雅翔の体を抱きしめる手に力を入れた。すると、雅翔が絵梨の腰に回す腕に力を込め、ズンッと、深く奥を突いてくる。

「んっはぁぁぁあっ」

自分の中に刻み込まれる雅翔の存在感に、絵梨は切なく鳴いた。

雅翔は、腰の動きを緩《ゆる》めることなく激しく突き上げてくる。

そうしながら、蜜でぬるつく肉芽を指で擦った。

その不意打ちの刺激に耐えられず、絵梨はビクビクと腰を痙攣《けいれん》させる。

「――っ」

大きく息を吐く雅翔が、いっそう強く絵梨の体を揺さぶってきた。

そして、一際強く腰を打ち付けてきた次の瞬間、絵梨の中で雅翔の欲望が爆《は》ぜるのを感じた。

薄い避妊具越しに感じる雅翔の熱い白濁に、絵梨の体が大きく痙攣《けいれん》する。

欲望を全て吐き出し、荒々しさを失った雅翔のものがズルリと抜けていく。その感覚にすら、絵梨の体は震えてしまう。

「あぁ……っ」

雅翔の体が離れる感覚に切ない息を漏《も》らすと、雅翔が乱れた絵梨の髪を掻き上げ、額《ひたい》に口付けてきた。

そしてその体を、逞《たくま》しい腕の中に抱きしめる。

「好きだよ」

そう囁《ささや》く雅翔の胸は、ほんのり汗ばみ激しい鼓動を刻んでいた。

雅翔がどれほど激しく自分を求めていたのか思い知らされる。

そしてそんな彼と同じくらい、絵梨の体も汗ばみ、速い鼓動を刻んでいる。

――こうしていると、雅翔さんと一つの塊《かたまり》になったみたい。

体を重ねていると、自然と互いの息遣いがシンクロしていく。

その心地よさに身を委《ゆだ》ねながら、絵梨は「私も雅翔さんが好きです」と呟いて、目を閉じた。

5　好きと伝えたその後で

朝、絵梨が目を覚ますと、すぐそこに雅翔の顔があって驚いた。

「――っ！」

「おはよう」

彼は腕枕をしていた腕を曲げ、引き寄せるように絵梨を抱きしめる。そしてそのまま絵梨の額《ひたい》に口付けてきた。

「おはよう……ございます。あの、ごめんなさい」

「なにが？」

そう言いながら、雅翔の唇がまた絵梨の額《ひたい》に触れる。

「私が寝てたから、腕を動かせなかったですよね。……起こしてくれたらよかったのに」

寝顔を見られたことが恥ずかしくて、どこか責める口調になってしまう絵梨に、雅翔が「寝顔を見てた」と、またキスをしてくる。

「好きだよ」

耳元で囁き、柔らかく微笑んだ。その笑みに、照れてしまう。

そうして絵梨から少し距離を開いた雅翔が、問いかけてきた。

「絵梨ちゃんは、朝ご飯を食べる派？」

「はい」

「このホテルのモーニングビュッフェは、品揃えが豊富だし美味《おい》しいよ。もし和食がよければ、車で少し行ったところにおすすめの和食カフェがある。今日の絵梨ちゃん的には、どの気分？」

好きな朝食を用意するよと、雅翔が絵梨の希望を確認してくる。

「ほんとに雅翔さんって、何者なんですか？」

「絵梨ちゃんは、俺が何者だと思う？」

雅翔は、絵梨の質問に質問で返してきた。

「えっと……魔法使い？」

昨夜も口にした言葉を繰り返す。

さすがにそれはあり得ない。それはわかっているけど、これまでのことを思うと、他に言葉が思いつかない。

「じゃあ、そういうことで」

雅翔がからかい口調で答えた時、スマホの着信音が響いた。自分のスマホではないと思う絵梨の前で、雅翔が「ごめん」と言って、ベッドを抜け出す。

そしてスマホの画面を確認すると「仕事の電話だ」と、絵梨に断りそのまま会話を始めた。

――雅翔さんの仕事って、やっぱり何でも屋さんじゃなさそう。

電話で話す彼の言葉は日本語ではない。

――英語でもない……ドイツ語？

盗み聞きするつもりはないが、つい聞き耳を立てていると、絵梨にも聞き覚えのある言葉が所々に交ざっている。

「東京」や中東の国の名前といったわかりやすい地名に混じって、「殿春」という言葉が聞こえてきた。

その社名に、つい反応してしまう。聞き間違いだろうかと思い、そのまま耳を澄ましていると、やはり絵梨の知っている殿春で間違いないようだ。

そして雅翔の口からドイツ語で父親を意味する「ファーター」という単語が聞こえてきて、絵梨はハッとあることに思い至った。

殿春は、社長である桜庭清司郎《せいしろう》が高齢のため、近い将来、息子に代替わりすることが予定されている。今回の記念プロジェクトの一環に社名をアピールするＣＭ制作が盛り込まれているのもそのためだ。

殿春総合商社はすでに世界的に知られている会社である。

そんな殿春がわざわざ国内向けにテレビCMを制作する目的は、キャッチフレーズの『新世代に引き継がれる殿春総合商社』の言葉どおり、現社長の清司郎からその息子である新社長への世代交代を周囲に印象づけるのが目的である。

コンペティションに参加するにあたり、絵梨も新社長の名前は何度か耳にしていた。

その役職と名前は確か……

「海外戦略本部……、桜庭……雅翔副部長……」

記憶を辿《たど》る絵梨の声に反応するように、ちょうど電話を終えた雅翔が「はい」と、返してきた。

「はい……って」

返事をされても、反応に困る。信じられない気持ちと、それならこれまでの色々なことに納得がいくという思いが交錯する。

どんな顔をしていいかわからずベッドの上で硬直していると、戻ってきた雅翔が絵梨の前に腰を下ろした。

「改めて、殿春総合商社の桜庭雅翔です」

と、絵梨の手を取り、その手に口付けをする。

「……」

「俺のこと、嫌いになった？」

思いもよらない雅翔の正体に絵梨は言葉を失う。だけど、雅翔の窺《うかが》うような言葉に慌てて首を横に振った。

驚いてはいるが、それで雅翔を嫌いになるはずがない。

その思いを必死に表す絵梨に、雅翔が目尻に皺《しわ》を作ってホッとした様子で微笑む。

「とりあえず、着替えて朝食に行こう。……でもその前に、シャワーを浴びた方がいいかも」

そう話す雅翔の視線は、絵梨の髪の方へと向けられている。

「え？　……っ！」

その視線を不思議に思いつつ髪を触ると、酷くゴワゴワしている。

その手触りに、昨日、ちゃんと手入れをすることなくそのまま眠っていたことを思い出した。

——恥ずかしい。

自分の姿を想像して、慌てて頭までシーツを被る絵梨を雅翔が笑う。

「そんな君も、可愛いよ」

「絶対嘘です」

こんなクシャクシャの頭を、可愛いと言われても嬉しくない。

懐疑的な視線を向ける絵梨を見て、雅翔はまた「可愛い」と、笑った。

ホテルのビュッフェでゆっくり朝食を取りながら、雅翔は絵梨にこれまでの経緯を説明した。

幸根が殿春の元社員で雅翔と同期だったことに始まり、彼が何故、雅翔を「何でも屋」と紹介したのか。

「何でも屋っていうのは、嘘じゃないよ」

自分でもかなり無理のある解釈だと思っているのか、そう説明しつつも雅翔の顔は気まずそうだ。

「それならそれで、ちゃんと雅翔さんの口から訂正してくれればよかったのに」

色々驚かされたので、つい恨みがましいことを言ってしまう絵梨に、雅翔が「ごめん」と、素直に謝る。

「ちょうど絵梨ちゃんの会社と、ウチの会社で商談が纏《まと》まったタイミングだったから、俺が個人的に相手企業の関係者と親しくなるのはどうかと思って」

「確かに……」

彼の勤める部署は今回の企画にまったく携《たずさ》わっていないが、雅翔の立場では、一社員同士が偶然知り合って仲良くなるのとはわけが違う。

そのことに気付いた絵梨が、心配そうな顔をする。

「ＣＭの仕事が終わるまで、私たち、仲良くしない方がいいですか？」

その質問に、雅翔がとんでもないと首を横に振る。

「せっかく仲良くなれたのに、そんなの嫌だよ」

「でも……」

ためらう絵梨の手を取り、雅翔が真剣な顔で言った。

「絵梨ちゃんは、俺が殿春の人間だから好きになった？」

「違います」

正体もわからないまま、雅翔という人を好きになった。だから、そんな誤解はされたくない。強い意思を持って首を横に振る絵梨に、雅翔が「よかった」と、息を吐く。

「じゃあ、なんの問題もないよ。それにもし、俺たちが付き合うことで問題が生じるなら、俺が解決する。だから、俺と付き合って」

その言い方で、雅翔がありのままの自分を見て欲しくて正体を隠していたのだとわかった。

雅翔が好きなのだから、彼の意見は尊重したい。その上で自分の出来ることを探すべきだろう。そう覚悟を決めて、絵梨は微笑む。

「喜んで」

雅翔の申し出を素直に受け入れる絵梨の手に、雅翔は愛おしげに触れたのだった。

◇ ◇ ◇

月曜日、出社した絵梨は安達部長に呼び出された。

ここではちょっと、と言われ、会議室へ連れて行かれる。部屋を出ていく絵梨に桃花が「水商売のこと、パパに教えといたから」と囁《ささや》いてきたことが気にかかった。

今朝、絵梨の顔を見るなり、金曜のことを謝るでもなく「絵梨ちゃんて、風邪とか引かないんだ」と、笑ってきた桃花だ。事実をねじ曲げてなにをどう伝えられているかわかったものじゃない。

――皆のいる場所で話せないって段階で、悪い予感しかしない……

だからといって逃げ出すわけにもいかないし、なにを言われてもきちんと否定するだけだ。

――まあ、私も安達部長に話があったし。

ある意味ちょうどよかったのかもしれない。

そう覚悟を決めて会議室に入ると、部長がいきなり絵梨に頭を下げてきた。

「え、あの……？」

「比留川君が他の者に話してるのを耳に挟んだ。金曜の夜、ウチの娘が逢坂君を池に突き落としたというのは、事実だろうか？」

その問いに、絵梨は思わず「ああ……」と息を漏《も》らしてしまった。

落とされたのは、池ではなく噴水だけど。それは今、どうでもいい。

桃花に噴水に突き落とされたことは事実だけど、婚約者の不利益になるような話を言いふらす比留川の気持ちが理解出来なかった。

「偶然会った君と仕事の話をしていたら、娘が誤解して、比留川君が止める間もなく逢坂君を池に突き落としたとか。……比留川君も、酷く気にしている様子だった」

「──っ！」

それは嘘だ。

あの時、ずぶ濡れになった自分に冷ややかな視線を向けている比留川が見えた。あれは、桃花の行《おこな》いを気にしている人の目ではない。

比留川の考えていることがわからない絵梨に、安達部長が再び頭を下げて、言葉を続けた。

「事実だったら申し訳ない。恥ずかしい話だが、仕事仕事で家庭を顧《かえり》みずに来て、気が付くと娘は、私には理解の出来ない人間に育ってしまっていた……」

その話し方に、嫌な慣れを感じる。もしかしたら安達部長は、これまでも、こうやって彼女の尻ぬぐいをしてきたのかもしれない。

――安達さん、バカだな。

こうして自分のために頭を下げてくれる親がいるのに、なんでその幸せに気付かないのだろう。

なんとも言えない思いを抱えて、絵梨は目の前の部長を見つめる。

「結婚して家庭に入れば、少しは落ち着いて人に迷惑をかけることもなくなると思うんだが」

「部長、それは違いますよ」

思わずそう言ってしまった。

だが、一度口に出してしまったのだからと思い、不思議そうな顔をする安達部長に、言葉を続ける。

「彼女の考え方が変わらない限り、安達さんはこの先何度でも問題を起こします。そして、その責任を負うのは家族です」

桃花が結婚して家を出るなら、その責任を負うのは安達部長でなく、比留川になる。でもそれは、これまで安達部長が負ってきた責任が比留川に移るだけで、なんの問題解決にもならない。

現在進行形で桃花の迷惑を被っている絵梨にしてみたら、結婚で全てが解決するなんて簡単に思って欲しくない。

絵梨のそんな思いをどこまで察してくれたのかはわからないけれど、安達部長は再び「すまない」と、陳謝した。

その姿に、安達部長は悪い人ではないのだと再認識した。おそらく桃花から絵梨についてのよくない噂も聞いているはずなのに、部長はそのことに一切触れることはなかった。

「今回のことは、部長ではなく、安達さん本人が謝るべきです。部長に謝っていただいても、彼女のためにはなりません」

「……」

絵梨の言葉に、安達部長が苦い顔をして頷く。

絵梨の気持ちが伝わったのであれば、金曜の件についてこれ以上話すことはない。

そう納得して絵梨は、改めて部長に向き合った。

「あの、それとは別件で、私からも部長にお話があるんですけど……」

絵梨は自分なりに悩んで決めたことを安達部長に切り出した。

◇◇◇

月曜の夜、一葉に顔を出した雅翔に、幸根が開口一番「絵梨ちゃん、まだ来てないよ」と、告げてきた。

「知ってるよ」

そう返す雅翔は、「今日は仕事が忙しいから行けないって」と付け足し、カウンターの椅子に腰掛ける。

「なんだ、今回の件について戦略会議を開くんじゃないの？」

「……ん？　なんの戦略会議だ？」

不思議そうな顔をする雅翔に、幸根は驚いた顔をした。

「え、知らないの？」

彼は急いで自分のスマホを取り出し操作すると、ある画面を雅翔に見せる。

「なんだこれっ！」

「てっきりこれの対策会議を開くのかと思ってた」

驚く雅翔に、幸根が肩を竦《すく》める。

幸根から渡された画面には、桃花のＳＮＳが開かれている。そこに書かれている内容は、絵梨が殿春のプロジェクトから降ろされたというものだった。

もちろんそのまま絵梨の名前や殿春の名前が出ているわけではないが、それでも絵梨のことを知る者にはそうだとわかる。

しかも、絵梨はいかがわしい副業がばれ、その責任を取る形でプロジェクトのアシスタントから外されたとあった。そして代わりに、桃花がアシスタントに抜擢《ばってき》されたと書いている。

「なんだこれ。全部デタラメじゃないか……」

金曜日に見た部長の娘の顔を思い出し、苦々しい声が漏《も》れる。

「絵梨ちゃんからなにか聞いてない？」

「いや、彼女からはなにも言ってきてない」

顔をしかめる雅翔に、幸根が、探るような視線を向けてきた。

「本当だからこそ、打ち明けられなかったのだとしたら？」

「……」

「いかがわしいバイト云々《うんぬん》は別としても、相手は部長の娘さんだろ？　なにかしらの嫌がらせを受けて、プロジェクトから降ろされたって可能性はない？」

「それは……」

否定しきれない。

「絵梨ちゃんに確認した方がいいんじゃない？」

「ああ……」

そう頷く雅翔だけど、その表情は硬い。幸根が首をかしげる。

「どうかしたのか？」

「俺のしたことが裏目に出て、彼女に迷惑をかけているということはないか？」

以前も雅翔のした贈り物のせいで、絵梨が水商売をしていると噂を流されたことがあった。ある意味、復讐が効いているということだが、それで絵梨にとばっちりが行くのでは本末転倒だ。

今回のプロジェクトから外された件も、金曜日のことが関係していたとしたら居たたまれない。

「俺のしてることは、彼女のためになっていないのか？」

幸せにしたいと、心から思っているのに。

「それは俺にはわからないよ。絵梨ちゃんに聞けばいいだろ」

「それは、そうだが……」

聞いたところで、絵梨が正直に答えてくれるかわからない。優しい絵梨のことだ、雅翔を気遣って嘘をつく可能性もある。

「じゃあ、サクラちゃんとして聞いてみれば？」

話しながらコーヒーを淹《い》れていた幸根が、桜の花びら形の和紙をヒラヒラさせる。

「……」

「ほら、絵梨ちゃんもお前には言えない本音も、サクラちゃんになら打ち明けるかもしれないじゃん。……後で代筆してやるから、なんて書くか考えとけよ」

幸根に差し出された紙を受け取った雅翔は、それをじっと見つめた。

「いや、それじゃあ、駄目だろ」

そう苦笑いを浮かべる雅翔が、クシャリと紙を握り潰した。

「なんで？」

「今さらだけど、彼女を本気で幸せにしたいなら、サクラじゃなく、俺に本音を打ち明けてもらえる関係を作らなきゃ意味がない」

散々サクラとして言葉を交わしておいてなんだが、サクラというフィルターを通してでなければ絵梨の本音を聞き出せないのでは駄目だ。

雅翔の言葉に、幸根が「おおっ」と、目を丸くする。

「なんだなんだ、急に強気な発言をするようになったじゃん」

笑顔で茶化す幸根に、雅翔が苦笑した。

「覚悟を決めたから」

「覚悟？」

「ああ。他の誰かに、彼女を幸せにする権利を与えたくない。……俺、かなり独占欲が強いらしい」

一度認めてしまうと、それは抑えようのない感情だった。

絵梨が幸せならそれでいいなんて発言は、もう出来ない。この先、自分が見たいのは、雅翔の隣で幸せそうにしている絵梨の姿なのだ。

「いいんじゃない」

持ち前の意思の強さを覗《のぞ》かせる雅翔に、幸根がニヤリと笑う。

「でもそのためには、まだ片付ける問題は山積みだけどな……」

たちまち深いため息を吐く雅翔の前に、幸根がコーヒーを置いた。

「頑張れよ」

「もちろん」

弱音を吐きながらも、そう返す雅翔に迷いはなかった。

◇　◇　◇

夜遅くまで会社に残って仕事をしていた絵梨は、オフィスに入ってくる人の気配に顔を上げた。

そして入ってきた人の顔を見て、表情を硬くする。

「なんだ、お前か」

オフィスに入ってきた比留川も、絵梨の存在に気付き顔をしかめた。

「お疲れ様です」

事務的に声をかけ、絵梨は再びパソコンに目を戻す。

ところが、比留川はそのまま自分のデスクに戻らず、何故か絵梨のデスクに歩み寄ってきた。

「残業？　殿春の仕事降ろされて、暇なんじゃないの？」

「降ろされたわけじゃないです」

冷ややかに返す絵梨に、比留川が「桃花はそう言いふらしてたぞ」と、意地悪く返す。

それは絵梨も知っていた。でも金曜日の雅翔のお迎えのおかげで、絵梨が水商売をしているという噂の信憑性《しんぴょうせい》がなくなったことも知っている。

「私から、担当替えを願い出たんです」

雅翔の正体を知った以上、自分が殿春の仕事に関わるべきではないと思った。

いくら事実と異なるとはいえ、事情を知らない人から見れば、雅翔が公私混同して絵梨の会社に仕事を回したと思われかねない。

雅翔に迷惑をかけたくないし、契約も済み、大筋の流れも決まっているので、この夕イミングで絵梨が降りても仕事に差し障りはないと思ったから申し出たのだ。

ただ、その後任に桃花が就くとは思っていなかったが。

「まあ、どうでもいいよ。部長がお前の後任を桃花に任すってことは、準備が盤石《ばんじゃく》だってことの証拠だろうし」

「今までありがとさん」と、少しの感謝も込めずに比留川が言う。

まあ確かにそうなのだろう。

それでも急に後任に決まった桃花に迷惑がかからないようにと、残業してこれまでの仕事の流れと、この先必要になりそうな情報を纏《まと》めた資料を作っていたのだ。

絵梨のデスクに広がる書類を見て、比留川が「そんなの作っても無駄だろ。アイツ、働く気ないし」と鼻で笑う。

人生のパートナーに選んだ相手に対する評価がそれでいいのか。

ため息を吐く絵梨は、安達部長の話を思い出し、比留川に質問する。

「そういえば、なんで私が安達さんに池に突き落とされたなんて、言いふらしているんですか？」

好きなら相手の評価を下げるようなこと、言うべきではない。そう視線で訴える絵梨に、比留川が「わかってないな」と、意地の悪い笑みを浮かべる。

「周りに、桃花がワガママで非常識な女だって認識させておいた方が、安達部長にも、そんな女と結婚してくれたって感謝してもらえるだろ？」

「……っ！」

「それにその方が、アイツに価値がなくなった時に離婚しやすいし」

理解出来ない価値観に、目眩《めまい》にも似た怒りを覚える。

絵梨の怒りに気付いているのかいないのか、比留川は「それにもっと条件のいい女を見つけた時、離婚の責任を向こうに押しつけられるだろ」と、嘲笑《あざわら》う。

比留川は結婚をなんだと思っているのだろうか。つくづくこんな男を一時《いっとき》でも好きになった自分が恥ずかしくなる。

桃花の比留川に対する気持ちも理解出来なかったが、比留川の桃花に対する気持ちは、もっと理解出来ない。

少し前まで、こんな人の口にする「好き」という一言に、舞い上がっていたのかと思うと悲しくなる。

「安達部長や安達さんに、そのこと話すわよ」

せめてもの絵梨の攻撃を、比留川は鼻先で笑った。

「誰が、お前の言うことなんて信じると思う？」

それがわかっているからお前に話しているんじゃないか。そう意地の悪い顔をする比留川に返す言葉が思いつかない。

「……」

「ところでお前の新しい男、何者？　普通のサラリーマンじゃないよな？　やけに金持ってそうだったけど、どこかの成金御曹司？」

「比留川さんには関係ないです」

ずる賢い比留川に、雅翔の正体を知られたくない。

警戒する絵梨に、比留川が「上手《うま》くやったな」と、卑屈な笑みを見せた。

「上手《うま》くって……」

お互いに惹かれ合った結果、絵梨と雅翔が付き合い始めた。その自然な成り行きを、損得勘定で評価されたくない。

比留川の考え方に嫌悪感を見せる絵梨に、比留川が言う。

「まあ、お前じゃ身の程が違い過ぎて結婚は無理だろうから、今のうちに出来るだけ貢《みつ》がせておけよ」

恩着せがましく見当違いなアドバイスをしてくる比留川は、馴《な》れ馴《な》れしく、ポンッと絵梨の肩を叩く。そして自分のデスクに戻り、鞄《かばん》を持ってオフィスを出て行った。

「あり得ない……」

どこまでも自分本位な桃花や比留川と話していると、自分の価値観が間違っているのではないかと錯覚しそうになる。

深くため息を吐き、窓の外へと視線を向けると、雲とビルの隙間から少しだけ月が見えた。しばらくぼんやり眺めているると、デスクの隅のスマホが震える。

画面に雅翔からのメッセージが表示されていた。

『まだ仕事?』と問いかけてくる彼へ、すぐに『はい』と返事をすると、週末に会えないかと尋ねられた。仕事が立て込んでいて週末までは会えないけど、週末に一緒に星を見に行こうと誘われる。

以前、イタリアンレストランで食事をした帰りに誘われた時にはためらったけど、今なら迷わず返事が出来る。

絵梨が快諾のメッセージを返すと、すぐに雅翔から『会えるの楽しみにしているよ』と返事が来て、嬉しくなる。

「でも……」

スマホをデスクに伏せて置き、絵梨は重いため息を吐いた。

比留川や桃花の考え方は理解出来ないけど、さっき言われた言葉が気にかかる。

絵梨と雅翔じゃ、身の程が違い過ぎる――それは比留川に言われるまでもなく、とっくに気付いている。

だとしたら、この先、二人の関係はどうなっていくのだろうか。

「……仕事しよ」

雅翔との関係は、始まったばかりなのだ。今は考えてもしょうがない。

そう気持ちを立て直し、両手で頬を叩くと、仕事を再開した。

◇◇◇

「あれ、珍しい時間に来たね。雅翔なら、明日の会議の準備があるからって、さっき帰ったよ」

閉店間際の一葉に飛び込んで来た絵梨に、幸根が言う。

「そうですか……」

肩で息をする絵梨に、幸根が「今電話すれば戻ってくるかもよ」と、自分のスマホを取り出す。絵梨は、それを制した。

「忙しいと思うからいいです」

「そう?」

「いたらいいな……くらいの気持ちで覗《のぞ》いただけだから。私も明日も仕事だからすぐ帰るつもりだったし」

薄明るい東京の空を見上げていたら、無性に雅翔に会いたくなった。それで、ここまで走ってきた自分が少し恥ずかしい。

せっかく来たのだからと誘ってくる幸根に、絵梨はいつものカウンター席へ腰を下ろした。

「注文はなににする？」

「夜遅いから、ノンカフェインのものを」

そう言うと、絵梨はカウンターテーブルの上を見渡した。

隣の席には、少し飲み残されたカップが置かれている。

──雅翔さんのかな？　それとも……

雅翔の他に、もう一人、会いたい人がいる。その人のことを思いながらカウンター端のテーブルランプの下を確認した。

今日もサクラからのメッセージはない。

最近、絵梨がメッセージを残しそびれているせいか、サクラが店に来ていないのか、彼女からのメッセージが途絶えている。

彼女とのやりとりが途切れてしまっていることが寂しい。

そんなことを考えていると、ほどなくして幸根が絵梨の前にカップを置いた。

「はい。アップルシナモンジンジャー」

シナモンとリンゴの優しい匂いが漂《ただよ》う。

カップに口をつけると、香りと共に優しい味が喉を通っていく。

「美味しい」

「よかった。簡単だから今度レシピ教えてあげるよ」

「そんなに簡単に教えちゃっていいんですか？」

それで商売しているのに、と視線で問う絵梨に、幸根が「プロのコツまでは教えないからね」と笑う。

なるほど。素人がプロの技をそう簡単に真似できるわけがない。

納得する絵梨は、目の前の幸根に、ついもの問いたげな視線を向ける。

「なに？」

「……幸根さん、雅翔さんの正体、最初から知ってたんですよね？」

「うん。俺、もともとあそこの社員だから。絵梨ちゃん、アイツの正体知ったんだ。ビックリした？」

幸根の問いかけに、絵梨は大きく頷く。

「ビックリしました。ちゃんと教えてくれればよかったのに」

「絵梨ちゃんの性格だと、雅翔の正体を知ったら、遠慮しちゃいそうじゃん。ちょうど殿春の仕事をするって話してたし」

「あー、確かに……」

最初から雅翔が取引先の関係者だと知っていたら、絶対に復讐の手伝いなど頼むことはなかっただろう。

「雅翔、いい奴だよ」

「はい。それは、わかります」

「そのわりには、なんか暗いけど？」

「なんて言うか……」

「なんて言うか、なに？　気になるんだけど」

絵梨は少し考えた後、隣の席のカップを片付けようとする幸根の動きを止める。そして、そのカップの下から桜色の和紙を抜き取り、カップの上に被せた。

そして自分の前に置かれているカップにも、同じように和紙で蓋《ふた》をすると、幸根を見上げた。

「この両方のカップには、間違いなく飲み物が入ってます」

「うん」

「見た目も同じようなカップで、中に飲み物が入っているのも嘘じゃない。でもこうして見てるだけじゃ、量も味もわからない」

「うん」

「つまり、……そんな感じなんです」

ハァッと息を吐く絵梨が、カウンターに顎《あご》を乗せた。

「え、なにそれ、どんな感じよ。手品とか見せてくれるんじゃないの？」

幸根には上手《うま》く伝わらなかったが、つまりそういうことなのだ。

比留川の絵梨に向けられる『好き』の質と、絵梨が比留川に向けていた『好き』の質が違いすぎたように、雅翔の『好き』と、絵梨の『好き』の熱量や種類が違っているのではないかと不安になっているのだ。

彼は、比留川のような価値観で人を好きになったりしない。それがわかっていても、どうしても怖くなる。

それにもし、雅翔に絵梨と一緒にいるメリットを問われたとしたら、なにも言葉を返せない。

正直なところ、何故、大企業の御曹司である雅翔が、自分に好意を寄せてくれているのかわからないから、二人の関係がいつまで続くかもわからず怖くなる。

――私のこと、どのくらい好き？

――どういう意味で好き？

不意にそんな言葉が口から出そうになる。だけど、そんなことを聞いて雅翔に重い女だと思われたくない。

ならばなにも考えず、彼から与えられる愛情をそのまま受け取っていればいいのか。

だけど、良くも悪くも人間は学習する生き物だ。

失敗を糧《かて》に前へ進める反面、裏切りを学んだ心はどうしようもなく次を疑ってしまう。

「難しいです」

小さく呟き、絵梨は自分のカップに被せた和紙を取り、カップに唇を寄せた。

幸根が隣の席のカップを片付けカウンターに戻った後、桜の形をした和紙にメッセージを残す。

【サクラちゃん元気ですか？　私は元気だけど、少しだけ心が痛いです。　絵梨】

絵梨はそれをテーブルのランプの下に忍ばせ、席を立った。

6　星を見るなら二人で

金曜日の夕方、仕事を終えた絵梨は、会社から少し離れた場所で待ち合わせしていた雅翔と合流した。

絵梨が雅翔の車に乗り込むと、すかさず彼が飲み物と膝掛けを手渡してくれる。

お礼を言って、保温性のタンブラーに入れられた飲み物に口を付けると、シナモンの香りに、リンゴと生姜《しょうが》の味がする。

「これ、幸根さんのお店の味……」

「うん。特別にテイクアウトを作ってもらった。移動に一時間ちょっとかかるから」

そう言って手渡されたメモには、アップルシナモンジンジャーの作り方が記されていた。

外灯にかざして幸根のレシピを読む絵梨は、「あれ？」と、首をかしげた。

「どうかした？」

車を発進させた雅翔の隣で、絵梨はレシピメモをもう一度外の光にかざす。

「……幸根さんの文字、私の知り合いの字に似ている気がして……」

多少の違いはあるが、サクラの文字に似ている気がする。

「へぇ……」

そう答える雅翔の声が、どこかぎこちない気がする。

そんなことを思いながら、絵梨はこれまでサクラとやりとりしたメッセージの内容を思い出す。

「まあ、気のせいですね」

絵梨の思うサクラは、仕事熱心で真っ直ぐな、繊細で優しい人だと思う。

それは、絵梨の知っている幸根のイメージとはかけ離れた印象だ。

――どちらかっていうと、サクラちゃんの性格に近いのは……

ちらりと隣に視線を向けた時、赤信号で車を停止させた雅翔と目が合った。

「どうかした？」

「な、なんでもないです」

そんなこと、あるわけない。絵梨は大きく首を振り、一瞬自分の中に浮かんだ考えを振り払う。

雅翔と知り合ったのはつい最近のことだ。

サクラとはもう一年以上メッセージのやりとりをしている。第一、サクラは女性だ。

会えばきっといい友達になれると確信している彼女が、男性の雅翔であるわけがない。

そう納得していると、雅翔に「仕事はどう？」と、問いかけられた。

「えっと……」

今週の出来事を思い出し、絵梨はため息を吐く。

殿春の仕事を桃花に引き継ぐべく、資料を作って彼女のデスクに置いておいたのは、月曜日の夜のことだ。

それが火曜日、いつの間にか、絵梨のデスク脇のゴミ箱に捨てられていた。

その理由を桃花に確認すると、「もう契約は済んでるんだし、どう仕上げたってお金になるんだから資料なんて必要ないです」と、返された。

桃花の仕事に対する姿勢に、改めて腹立たしさを覚える。

一つ一つの仕事は確かに切り離して考えるべきだけど、その一つ一つが積み重なって、信用や実績となり、次の仕事に繋《つな》がっていく。

何故それがわからないのかと怒ったけれど、桃花にはまったく伝わらない。それどころか、男性社員に「絵梨ちゃん怖い。後輩虐《いじ》め」と訴え、こちらを非難する始末。

それを見ていた郁美も、桃花の言動を窘《たしな》めたけど、彼女に考えを変える様子は見受けられなかった。

そして今日まで見てきても、桃花が真摯《しんし》に仕事に取り組んでいるようには見えない。

無駄だとはわかりつつ、比留川に桃花の言動を改めさせるように頼んだけど、案の定、「後で安達部長が尻ぬぐいするだろうから、好きにさせとけばいい」と、返された。

比留川のことだから、そうやって桃花の好きにさせておけば、安達部長の負い目が増え、後々自分が有利に動けるという考えがあるのだろう。

雅翔とのことを考え、自分から殿春の仕事を降りたけれど、こうなってくると、本当にそれでよかったのか不安になってくる。

「なにかあった?」

黙り込んでいると、雅翔が気遣わしげに声をかけてきた。

「あ、ごめんなさい。なんでもないです。本当に大丈夫です」

本当のことを打ち明けたら、雅翔に気を使わせてしまう。

そう思い首を振る絵梨は、話題を変えるべく「そういえば、どこで星を見るんですか？」と、問いかけた。

さっき移動に一時間ちょっとかかると話していたが、その辺りに星の景勝地があっただろうかと記憶を巡《めぐ》らせる。

すると雅翔が「イズ」と、答えた。

「はい？」

――今、伊豆《いず》と聞こえたけど、気のせいだろうか。

戸惑う絵梨の表情を見て、雅翔が「静岡《しずおか》県の伊豆だよ」と、言葉を重ねる。

「行ったことある？」

「いえ」

「ならちょうどよかった。せっかくだから、色々楽しんでね」

雅翔が嬉しそうに微笑む。だが、絵梨にはまったく話が呑み込めない。

ここから伊豆まで、一時間ちょっとで行けるわけがない。新幹線を使っても無理だ。

それこそ、魔法でも使わなければ、出来るはずがない。

そう指摘する絵梨に、雅翔が「魔法は、さすがに無理だね」と笑う。そして悪戯《いたずら》な笑みを浮かべて付け足した。

「魔法は使えなくても、ヘリを使えば、伊豆まで三十分くらいで行けるんだよ」

「はい？」

ヘリとは、ヘリコプターのことだろうか。

――まさか、星を見に行くためだけに、ヘリをチャーターしたの？

頭の中に無数のクエスチョンマークが浮かぶ。

「絵梨ちゃん、ヘリコプターに乗ったことは？」

「いや、ありません。あるわけないじゃないですか！」

驚きのあまり、つい声が大きくなってしまう。

「そう。じゃあ、チャーターしてよかった」

――本当にチャーターしてるし……

ヘリコプターをレンタルするのに、いくらかかるのかもわからない。

信号待ちのタイミングでチラリと視線を向けると、ニコリと微笑む雅翔と目が合った。

「星を見るためにヘリをチャーターって、なにを考えているんですか……」

自分とは、あまりに金銭感覚が違いすぎる。

ぐったりと脱力し呆れる絵梨に、雅翔がこともなげに答えた。

「最近は暇があると、絵梨ちゃんがどうすれば喜んでくれるかばかり考えてるよ」

「……」

そんな台詞《せりふ》、言われた絵梨の方が恥ずかしくなる。

赤面する絵梨に、雅翔が優しい視線を向け嬉しそうに言う。

「せっかくの週末だから色々と楽しんでもらいたいな」

「……」

このタイミングで、お金がもったいないからキャンセルしてくださいと言うのは無粋だろう。

思うところはあるけれど、ここまで来たら行くしかない。

「ありがとうございます。楽しみです」

開き直って目の前の事態を楽しもう。そう腹をくくる絵梨に、雅翔は「ああ。楽しんで」と言い車を走らせた。

◇　◇　◇

雅翔が絵梨を案内したのは、海外のリゾート地を彷彿《ほうふつ》とさせるホテルだった。

海に面した広大な土地を囲うように作られた漆喰《しっくい》塗《ぬ》りのゲートを潜《くぐ》ると、まるで海外旅行に来たのかと錯覚するようなヴィラの部屋が点在している。個々の建物の距離がかなり離れていて、きちんとプライバシーが確保されているのだとわかった。

ここに来る道すがら、雅翔が、バブル期は別荘村として大手不動産会社が管理していた土地が売却され、このホテルが建てられたのだと教えてくれた。

敷地内には、レストランやカフェの他、エステやプールなども完備されている、高級リゾートホテルだ。希望すれば、ホテル敷地内の波止場《はとば》からクルージングに出かけることも出来るらしい。

「ヘリコプターを使うと、本当に伊豆まで三十分で来られるんですね」

雅翔と並んで歩きながら、絵梨は耳の奥でまだ鳴り続けている気がするプロペラの音に、耳たぶを揉んでしまう。

さっきまで東京で仕事していたのに、今こうして伊豆に来ていることが信じられない。なんだか、子供の頃に見ていたアニメに出てくる、どこにでも行けるピンクの扉を通った気分だ。

自分の居場所を確認するように、絵梨が案内された部屋をぐるりと見渡した。

内装も、外観同様に海外を思わせるお洒落《しゃれ》な造りだ。

「ヘリに酔わなくてよかったよ」

羽織っていた上着をハンガーに掛けながら雅翔が言う。

初めてのヘリコプターに興奮している間に着いてしまい、酔う暇もなかった。そう伝えると、雅翔が嬉しそうに笑う。

「でも、まさか星を見るためにわざわざ伊豆まで来るなんて……」

しかもヘリを使って。

どこか戸惑った視線を向ける絵梨に、雅翔は困ったように目尻に皺《しわ》を寄せた。

「冬だから暖かい中、星が見られる場所を探したんだ。そうしたら、ここのホテルを見つけてね」

「……？」

キョトンとする絵梨に、雅翔が視線を窓の外へ向ける。

その視線を追って窓の外を見ると、広々としたウッドテラスが見えた。

海に向かって広がるウッドテラスには、屋外用のストーブとテーブル、それに二脚のデッキチェアが設置されている。

「食事をしたら、ゆっくり星を見て話そう」

「話す？　なにをですか？」

「絵梨ちゃんに、謝りたいことがあるんだ」

「え？」

雅翔が絵梨に、なにを謝ると言うのだろう。

もしかして、好きと言った言葉をやっぱりなかったことにしたい、ということだろうか。

雅翔に相応《ふさわ》しい価値を自分に見いだせない絵梨には、彼からそう言われたら、受け入れることしか出来ない。

それを考えただけで、胃の下がざらつく。

不安を隠せない絵梨を、雅翔が食事に誘う。彼の表情は、いつもと変わらず優しいので、絵梨は不安をぐっと呑み込んで誘いに応じた。


食事から戻ると、雅翔は絵梨に先にテラスに出るよう勧めた。そして彼はミニバーのスペースに足を向ける。

雅翔の言葉に甘えてテラスに出た絵梨は、眼前の景色を見た瞬間、「うわぁ」と感嘆の息を漏《も》らした。

整備された石畳の歩道を歩いて敷地内にあるレストランに向かう際、二人で見上げた空もじゅうぶん綺麗な星空だった。でも部屋の照明を最低限に絞り、海に面したテラスで見上げる星空は煌《きら》めきの密度が圧倒的に違う。

デッキチェアに座ると、ガスストーブがカチカチと冬の空気を弾く音が聞こえた。

ブランケットに包《くる》まって星空を見上げる。すると、ストーブに向かっている片方の頬だけが温かい。子供の頃家にあった、古い石油ストーブの温かさを思い出す。

初めて来た場所なのに、ここから見る満天の星に、無性に懐《なつ》かしさが込み上げてくる。

「どう？」

デッキに出てきた雅翔が、絵梨に聞く。

「すごく綺麗です。地元の夜空を思い出します」

嬉々《きき》とした様子で答える絵梨に、雅翔が嬉しそうに頷く。

「そうか……絵梨ちゃんが見ていた空は、こんな空なんだ」

カップを持ったまま立ち尽くす雅翔は、空を見上げてしみじみとした様子で「綺麗だ」と呟いた。

「一緒に見られてよかったです。ありがとうございます」

「俺も、絵梨ちゃんと一緒に星空を見られてよかったよ。ありがとう」

そう話す雅翔が、「どうぞ」と、テーブルにカップを二つ置いた。

そして何故かカップの上に、コースターを載せる。

「……？」

不思議な置き方だ。保温のためだろうか。

そんなことを思っていると、雅翔が隣の椅子ではなく絵梨の前に跪《ひざまず》いた。

「少し長くなるけど、俺の話を聞いて……」

そう切り出し、雅翔はテーブルに置いたカップを一つ取った。

そしてそれを絵梨に持たせると、カップを持つ絵梨の手に自分の手を重ねる。

「このカップの中に、なにが入ってるかわかる?」

鼻に意識を集中させても、コースターで蓋《ふた》をされていてほとんど匂いを感じない。手にした感覚で、温かなものがそれなりの量入っているのはわかる。

「えっと……わからないです」

「わからないなら、こうして確かめればいいんだよ」

雅翔はそう言いながら、被せてあったコースターを外す。

「これは?」

「コニャック入りのホットレモネード」

そう言われ鼻を寄せると、レモンの爽《さわ》やかな香りと共にアルコールの匂いがする。

試しに少し飲んでみると、温められたアルコールが喉を撫で体の内側から絵梨を熱くする。

「思ったより飲みやすい」

コニャックという名前から、もう少し癖のある味を想像していたけど、レモンの酸味でアルコール独特の味が中和されているのか、とても飲みやすい。

二口三口とカップに口を付ける絵梨に、雅翔が「よかった」と微笑み、絵梨の顔を見つめる。

「もしカップの中身がわからなくて不安な時は、ただ外側から眺めるだけじゃなく、蓋《ふた》を外して中を目で見て飲んで感じればいいんだよ。……もし絵梨ちゃんが、俺の気持ちに不安を抱えているなら、一人で言葉を呑み込まないで。遠慮なく俺に聞いて。俺は絵梨ちゃんのことが大好きだから、なにを聞かれてもちゃんと答えるよ」

「……幸根さんから、なにか聞きましたか？」

これはこの前、一葉で絵梨が幸根に漏《も》らした弱音に対する回答だ。

幸根には伝わらなかった絵梨の不安が、雅翔にはちゃんと通じている。

「君が好きだよ。愛している」

愛の言葉を囁《ささや》く雅翔の唇が、絵梨の唇に触れる。

その唇の優しさに、絵梨がホッと息を吐く。そんな絵梨を間近に見つめながら、雅翔が低く囁《ささや》いた。

「お願いだ、これからは心が痛かったら、サクラちゃんじゃなく、俺にその理由を聞かせて欲しい」

「……え？」

雅翔が何故その名前を知っているのだろう。

怪訝《けげん》そうな視線を向ける絵梨に、雅翔がためらいがちに口を開いた。

「ごめん。俺がサクラなんだ」

「はい？　どういうことですか？」

意味がわからない。キョトンとする絵梨に、雅翔が困り顔を見せ、彼女の手を取った。

「少し長い話になるけど、最初から説明する」

そう言って彼は、絵梨の座るデッキチェアに一緒に腰掛ける。ゆったりとした造りの椅子だけど、二人で座るとなかなか窮屈《きゅうくつ》だ。

自然と体を寄せ合い、雅翔は絵梨を抱きかかえるようにして膝に乗せた。

そして絵梨が逃げ出すのを防ぐみたいに、その体に腕をしっかり巻き付け、ぽつぽつとこれまでの経緯を話していく。

一年前、幸根が悪戯心《いたずらごころ》で残した雅翔のメッセージを、たまたま絵梨が見つけて言葉を返したことから転がり出した二人の縁。

絵梨の言葉に、当時の雅翔がどれだけ救われていたか。そして比留川のために身を削る絵梨を、雅翔がどんな思いで見つめていたのか。

ゆっくり時間をかけて、正直に打ち明ける雅翔の言葉が、彼にとっての絵梨の価値を教えてくれた。

「そんな偶然……」

戸惑いを隠せない絵梨に向かって、雅翔が微笑む。

「偶然なんかじゃないよ」

いつの間にか空になっていたカップを絵梨の手から取り上げ、テーブルに置く。

「確かに最初は偶然だったかもしれない。でも今の俺にとって、絵梨ちゃんは唯一無二の存在で、側にいるためなら、どんなことでもする覚悟がある」

そう話す雅翔の腕に、ぐっと力が込められる。

そして絵梨の首筋に顔を埋《うず》めて囁《ささや》いた。

「そう思える人に出会ったなら、それはもう運命なんじゃないかな？」

その後に、「幸根の受け売りだけど」と言って笑った。

――確かに、そうかもしれない。

あの日、偶然、一葉でサクラのメッセージを目にした時、説明のつかないなにかを感じて、思わずメッセージを残していた。

どこの誰ともわからない相手に、自分の気持ちを伝えたいと思ったのは、残されていたメッセージに目に見えないなにかを感じたからだ。

そしてそれ以降、ずっと絵梨はサクラに親しみを感じていた。

「雅翔さんが、サクラちゃん、なんだ……」

思わず漏《も》れた絵梨の言葉に、雅翔が困ったように笑う。彼の目尻に皺《しわ》が浮かんだ。

それを愛おしく感じて、絵梨はそっと彼の顔に手で触れる。

「愛してる」

再び雅翔が絵梨に口付けをした。

「私も、雅翔さんのことを愛しています」

感情が、自然に溢《あふ》れ出していく。

そんな絵梨の言葉を受け、雅翔が「俺も」と、口付けを深める。

「だからちゃんと、俺に君のことを話して。仕事は順調？　なにがそんなに苦しいの？」

気遣わしげな声で問いかける雅翔に、今度は自分が、隠すことなく抱えている思いを打ち明ける番なのだと思った。

静かに覚悟を決めた絵梨は、雅翔に迷惑をかけないように自分から殿春の仕事を降りたことや、抱えていた不安について打ち明けた。

「俺のことを、考えてくれてありがとう」

絵梨の話を聞き終えた雅翔が、絵梨を強く抱きしめる。でもすぐに、困ったように眉を寄せて言った。

「俺に気を使わず、絵梨ちゃんは、自分が好きなように仕事をしていいんだ。それで、たとえなにか言われても、俺は決して揺らいだりしないから」

「でも……」

どれだけ正しく仕事をしていても、桃花のように、あることないこと、自分の都合のいいように話をねじ曲げて吹聴《ふいちょう》する人もいる。

雅翔の立場を考えたら、被《こうむ》る影響は計り知れない。

そう心配する絵梨を安心させるみたいに、雅翔は「その程度でぐらついていたら、殿春の跡は継げないよ」と、笑い飛ばした。

「それにもし、今の俺に君を安心させるだけの強さが足りないって言うなら、俺はどれだけでも強くなってみせるよ」

「私が、雅翔さんにしてあげられることって、なにもないんですか？」

雅翔の言葉は嬉しい。だけど、彼に守られるだけの不甲斐ない自分が情けなくもなる。

悲しげな顔をする絵梨に、雅翔が首を横に振った。

「俺の側にいて。俺の側で、幸せを感じていてほしい」

「そんなこと……」

「そんなことなんかじゃないよ。これは絵梨ちゃんにしか出来ないことだから」

「……」

「俺が強くなることで、好きな人が幸せでいてくれる。強くなることに、それ以上のご褒美《ほうび》はないよ」

真剣な眼差しでそう言われて、彼が心から絵梨の幸せを望んでくれていることがわかる。

そんな彼の気持ちにどう応《こた》えればいいのだろうか。絵梨が戸惑っていると、「だから教えて」と、雅翔に問いかけられた。

「どうすれば絵梨ちゃんの悩みは消える？　俺のことは気にせず、プロジェクトの仕事に戻れるようにするかい？」

雅翔の申し出に、絵梨は首を横に振る。

「いいえ。それは自分で決めたことだから。……ただ、安達さんがいい加減な気持ちで仕事することで、雅翔さんの会社に迷惑をかけるのが心配です」

「なるほど。他には？　たとえば、俺がどうすれば君は幸せでいてくれる？」

「雅翔さんに……私のことを、ずっと、好きでいて欲しいです」

「そのお願いは、簡単だな」

照れながら口にした絵梨の希望に、雅翔が笑う。

そして「絵梨」と、彼女の名前を呼び捨てにした。その瞬間、絵梨の心臓がどきりと跳ねる。彼は、絵梨の顎《あご》を持ち上げ、これからそう呼んでいいかと確認するみたいに、唇を重ねてきた。

「………っ」

唇を合わせたまま、絵梨は小さく頷きを返した。

「絵梨、愛してる」

そう告げられて、再び唇を奪われる。

本気で愛せる人が現れて、彼も自分を愛していると言ってくれる。

その事実だけで、胸が痛いほど高鳴った。

――胸って、悲しくない時にも痛くなるんだ。

胸の痛みを一人で抱えることに慣れていた絵梨にとって、それは驚きの発見だった。

どうしようもなく嬉しい時にも、胸は締め付けられるほど高鳴るのだと初めて知った。

心の底から雅翔が好きだ――

その思いを伝えたくて、絵梨は雅翔の頬を両手で包み、自分から彼の唇を求めた。

「……っっんっ……っぁ………ぁ」

絵梨の唇を求める雅翔は、少しの隙間も許さないといった様子で、熱い口付けを繰り返す。

「…………」

好きな人にこれほどまでに求められている。それはなんて幸せなことなのだろう。

唇を重ねるたびに、もっと雅翔に触れてほしくなる。

彼に触れて、その存在を確かめたい。そして雅翔にも、自分の存在を確かめて欲しい。

そんな貪欲な絵梨の願いを汲《く》み取ったように、雅翔の手が絵梨の左胸の膨らみに触れた。

「あっ」

求めていたはずなのに、不意の刺激につい逃げようとしてしまう。しかし雅翔の腕が逃がさないとばかりに背中へ回され、身動き出来なくなる。

「ん……はぁっ……あぁっ」

激しく胸を揉まれ、絵梨が体をくねらせる。

「逃げちゃ駄目だよ」

そう窘《たしな》めてくる雅翔が、彼女の下唇を甘噛みした。

「──っ！」

以前はよく自分で下唇を噛むことがあったけど、雅翔に与えられるこの痛みは、下腹部に重い痺《しび》れを呼び起こす。

絵梨がその痺《しび》れに熱い息を吐くと、雅翔の舌が唇を押し広げて入ってきた。

ヌルリとした温かさと湿り気を帯びた舌を、絵梨は抵抗することなく受け入れる。

緊張しながら自《みずか》ら雅翔の舌に舌を絡《から》めた。それだけで、痺《しび》れるような快感が体を突き抜けていく。

「…………っ」

体の奥深い場所から込み上げてくる痺《しび》れに小さく肩を跳ねさせて、絵梨は雅翔の舌を求めた。

雅翔の舌と自分の舌が、密着して絡《から》み合う。

キスの間も雅翔の右手は、激しく、時に優しく、絵梨の胸を揉み続ける。胸の形が変わるほど荒々しく食い込んでいた指が、不意に指先だけで円を描き、布越しに乳輪の上をなぞる。その感覚に、絵梨は首を竦《すく》めた。

「やぁッ……っ」

服の上からでも、雅翔の指の動きに胸の先端が敏感に反応してしまう。その刺激が堪《たま》らなくて、絵梨はいやだと首を横に振るけれど、雅翔にやめる気配はない。

布越しの愛撫《あいぶ》に物足りなさを感じたのか、彼は絵梨の腰に回していた左手で、ワンピースのファスナーを途中まで下ろす。そして、右手で肩を撫でながらワンピースの中に手を滑り込ませた。

「あっ……」

雅翔の手は、迷うことなくブラジャーを押し上げて、絵梨の胸を直《じか》に鷲掴《わしづか》みにする。

布越しとは比べものにならない強い刺激に、絵梨が切なく息を吐いた。

雅翔の指は、滑《なめ》らかな肌を滑るように這《は》う。乳輪を愛撫《あいぶ》し、硬く立ち上がった胸の先端を強く摘《つ》まんだ。

「あぁっ」

ビリビリとした刺激に、絵梨が背中を反らして声を上げる。雅翔が満足げに微笑み、息を吐いた。

「絵梨ちゃんの声、すごくそそられる」

雅翔が耳元で、からかうように言ってくる。

恥ずかしさに絵梨が視線を逸《そ》らすと、雅翔の手が絵梨の胸を離れた。

ホッとしたのもつかの間、雅翔は絵梨の体を抱きしめクルリと体勢を反転させる。気付いた時には、絵梨はデッキチェアの上に横になっていた。

「あの……」

ワンピースが途中まで脱げ、左肩が露《あら》わになっている絵梨の上に、雅翔がまたがる。

見上げる雅翔の目は、荒々しいほど雄の眼差しをしていた。

絵梨が苦しくないように体重をかけないでいてくれるが、自分が彼の手の内にいるのだと思い知らされる。

「綺麗だ……」

そう囁《ささや》きながら両肩を撫でられると、ワンピースがするりと脱げて、絵梨の肌が雅翔の前に晒《さら》されていく。

「恥ずかしい……」

「俺しか見てないよ」

「でも……」

雅翔の視線に晒《さら》されていることが恥ずかしい。手で彼の視線を遮《さえぎ》りたいけれど、中途半端に脱がされたワンピースが邪魔をして、腕を動かすことが出来なかった。

見ないで……と、視線で懇願《こんがん》する絵梨に、雅翔が首を横に振る。

「寒くない？」

そう聞かれて、素直に頷く。

アルコールを飲んだせいか、ストーブのおかげか、または羞恥《しゅうち》からか。不思議と寒さを感じない。それどころか熱いくらいに肌が火照《ほて》っていて、時折吹き抜ける冬の風が心地いいほどだ。

「よかった」

雅翔が呟くのを聞いて、一足遅れで失敗したと感じた。

雅翔のことだから絵梨が寒いと訴えれば、この状況から解放してくれたかもしれないのに。

そのことを後悔する間もなく、雅翔の顔が絵梨の首筋に触れる。

「ん、くすぐったい」

鎖骨の窪《くぼ》みを舌でなぞられ、絵梨が思わず首を動かした。

雅翔は、そんな絵梨の反応に愛おしげに息を漏《も》らす。その吐息が、絵梨の肌をくすぐり、ますます体温が上がった気がした。

「絵梨ちゃんの全てが好きだよ」

囁《ささや》きながら雅翔の唇が徐々に下がっていく。

「…………っん」

雅翔の舌が露《あら》わになった絵梨の肌を這《は》う。

ゆっくりと焦《じ》らすように進む舌は、絵梨の肌に淫靡《いんび》な唾液の筋を残していく。そこに冬の風が触れて、絵梨の肌をゾクゾクさせた。

「雅翔さん……ここじゃ」

「誰も来ないよ」

テラスの両端は背の高い塀に囲まれているし、正面は海に繋《つな》がる岸壁なので、雅翔の言うとおり誰かに見られる心配はないのだろう。それでも自然の風を感じる場所で肌を露出させていることが堪《たま》らなく恥ずかしい。

その気持ちを伝えるより早く、雅翔が「もう待てない」と、絵梨の胸を乱暴に掴《つか》み、指の隙間から突き出した先端を舌で弄《もてあそ》ぶ。

「あぁぁっ！」

獣が捕らえた獲物の肉を味わうように、雅翔は絵梨の胸の先端に舌を絡《から》め音を立ててしゃぶってきた。

硬くなった胸の先端は、雅翔の唾液に濡れ、星明かりに淫靡《いんび》な艶《つや》を帯びる。

「……やぁっ」

視界に入ってきた淫《みだ》らすぎる光景に、絵梨は切ない声を漏《も》らした。

だが雅翔は、その声に煽《あお》られたみたいに、さらに激しく絵梨の胸をしゃぶった。ジュルジュルとわざと音を立てて、雅翔が絵梨の乳房を貪《むさぼ》る。

突き出した舌で先端を押し潰したり捏《こ》ね回したり、舐めて虐《いじ》める行為を繰り返す。そうしながら、もう片方の胸を形が変わるほど指を食い込ませて揉む。

痛みと快楽がごちゃ混ぜになった刺激に、絵梨の口から自然と甘い息が漏《も》れた。

雅翔はより淫《みだ》らで乱暴に、絵梨の胸を刺激していく。

攻められているのは胸だけなのに、下半身に蕩《とろ》けそうな熱がこもっていった。

「あっ……雅翔さ……ん。ここじゃ……」

声を出すのも恥ずかしい。

でも伝えないと雅翔の愛撫《あいぶ》は激しさを増していくばかりだ。

なんとか雅翔の手を止めようと声を出す絵梨を、雅翔が逆に窘《たしな》めてくる。

「静かに。見られる心配はないけど、声は、あまり大きいと聞かれるよ」

「――っ！」

雅翔の忠告に、絵梨は息を呑んだ。

こんな淫《みだ》らな声を誰かに聞かれたら……と、猛烈な羞恥心《しゅうちしん》に襲われる。絵梨はギュッと口を閉じて、黙り込んだ。

雅翔はそんな絵梨の表情を覗《のぞ》き込み、そのまま耳たぶに舌を這《は》わせ愛撫《あいぶ》する。

ゴソゴソ……ジュルリ……と、雅翔の舌が蠢《うごめ》くのに合わせて、彼の熱い息遣いが絵梨の肌を刺激する。

「…………っ」

雅翔から与えられる刺激の全てが堪《たま》らない。

必死に声を押し殺す絵梨の耳元で、雅翔が楽しげに告げた。

「嘘だよ」

「……？」

なにが嘘なのだろうと思う絵梨に、雅翔が微笑む。

「声を出しても大丈夫だよ」

「……えっ？」

「隣のヴィラとは結構離れているから、声を出しても聞かれる心配はないよ。きっと波の音の方がうるさいくらいだ」

「なっ……」

確かにそれぞれのヴィラの間はかなり距離があったので、相当大きな声を出さない限りは、波の音に掻き消されてしまうだろう。

「だから安心して、絵梨ちゃんの声を聞かせて」

迷いを見せる絵梨の額《ひたい》に口付け、雅翔はデッキチェアから下りてテラスの床に膝をつく。

どうしたのかと思っていると、雅翔はおもむろに絵梨のスカートをまくり上げた。そして、右脚の膝を掬《すく》い上げてデッキチェアの肘に掛けさせ、露《あら》わになったももをしっかりと手で固定する。

「きゃっ」

自分が酷く卑猥《ひわい》なポーズを取らされていることに気付き、絵梨は咄嗟《とっさ》に脚を閉じようともがく。けれど、もう一方の脚を雅翔の肩で押さえられ、動きを封じられてしまった。

雅翔は絵梨の下着の上から、脚の付け根に鼻を擦り寄せる。

「きゃ……あっ……あぁあっ！　やぁあっ……」

敏感な場所に雅翔の鼻が触れるたびに、自分の中からトロリと蜜が溢《あふ》れるのを感じた。それを雅翔が見ていると思うと羞恥《しゅうち》で堪《たま》らなくなる。

どうにか脚を閉じようともがくけれど、逞《たくま》しい雅翔の体に阻《はば》まれて、絵梨にはどうすることも出来ない。

「絵梨ちゃんのここ、すごく濡れてるね」

溢《あふ》れる蜜を確かめるように、雅翔の舌が布越しに陰唇の上を這《は》う。

「やっ……！」

制止の声も虚《むな》しく、彼はそのまま、上から下へと数度舌を動かす。

指での愛撫《あいぶ》とは違う刺激に、絵梨は切なく体を震わせた。

舌での愛撫《あいぶ》に、体の奥からさらなる蜜が溢《あふ》れてくるのを感じる。

「駄目ぇ……」

雅翔は、そんな絵梨の反応が堪《たま》らないと言いたげに、より執拗《しつよう》に絵梨の割れ目を舌で愛撫《あいぶ》してくる。

最初は布の上から規則正しく上下に動くだけだった舌が、熱く熟している絵梨の敏感な蕾《つぼみ》を叩くように刺激してきた。

すっかり膨らんだ蕾《つぼみ》を攻められると、全身を甘い痺《しび》れが包み込む。

その刺激に耐えられず絵梨が身を捩《よじ》ると、雅翔は空いている手で絵梨の下着のクロッチ部分を少しずらし、その隙間から舌を滑り込ませてきた。

「あぁあっ」

狭い場所から忍び込む舌が、下着の中で窮屈《きゅうくつ》そうに蠢《うごめ》く。その感触に絵梨の奥から新たな蜜が溢《あふ》れ出す。さらには音を立ててその蜜を啜《すす》られる刺激に膣が締まり、絵梨を切なく喘《あえ》がせた。

——恥ずかしい。

そう思う反面、雅翔が自分を求めてくれることに喜びを隠せない。

知らず知らずのうちに、雅翔を誘うように腰がくねくねと動いてしまう。

それに気付いた雅翔は、隙間に押し込んだ舌をより艶《なま》めかしく動かしていった。雅翔の顔が股に押しつけられ、下着の隙間から舌を差し入れられている。そうはっきり意識して、膣がきゅうっと締まり絵梨の体を疼《うず》かせた。

「あぁ……ぁぁぁっ…………ぅっ」

誰かに聞かれたら恥ずかしい。そう思っていたはずなのに、絵梨の口からは甘ったるい声が漏《も》れてしまう。

というよりも、堪《こら》えようと意識するからこそ、雅翔から与えられる刺激に、体が敏感に反応してしまうのかもしれない。

「絵梨、愛してる。……だからほら、恥ずかしがらずに声を出して」

顔を上げた雅翔に名前を呼び捨てにされて命じられると、恥ずかしがっていることが罪のように思えてしまう。

絵梨は恥じらいを堪《こら》えて体の力を抜く。雅翔は絵梨の顔を見つめたまま、舌の代わりに指を中へ沈めてきた。

なんの抵抗もなく膣の中へと沈んでくる指に、絵梨の膣壁が待ちわびたみたいにヒクヒクと痙攣《けいれん》してしまう。

その反応がつぶさに雅翔に伝わっていると思うと、どうしても恥ずかしくなる。

「はぁっ……んぅぅ…………ぁっぁぁっ」

絵梨の中で、雅翔の指がゆっくりと孤を描くように回された。

雅翔の指で擦られた場所が、蕩《とろ》けてしまいそうなほど熱を帯び、絵梨を切なく鳴かす。

クチュクチュと自分の中を掻き回す淫《みだ》らな音も、つい漏《も》れてしまう喘《あえ》ぎ声も恥ずかしい。それなのに、堪《こら》えることが出来ない。

どうか波音に掻き消されていますように。心の中で切に祈りながら、絵梨は雅翔から与えられる刺激に、身を任せた。

雅翔の指の動きが徐々に激しさを増し、時折、蜜に濡れた指で蕾《つぼみ》を刺激される。

「あぁ…………っ」

敏感な場所をいじられるたびに、絵梨は腰を浮かして身悶《みもだ》えた。

その弾みで自分の中から蜜が溢《あふ》れ出す。

「ここが弱い？」

「……っ!!」

そんなこと、恥ずかしくて答えられない。首を振って黙り込む絵梨だけど、雅翔は返事がなくとも、蜜に濡れた指で執拗《しつよう》に絵梨の蕾《つぼみ》を虐《いじ》め続ける。

「あっぁぁはぁっ、やぁ…………っ」

人差し指と薬指で絵梨の陰唇を押し広げ、中指で蜜壺の入り口を撫で、蜜を掻き出す。

さらに蜜に濡れた指で、熱く膨らんだ蕾《つぼみ》を擦られると、強すぎる刺激に体が震えた。

溢《あふ》れ出る蜜に、雅翔の指どころか手のひらまで濡れていく。

自分の股に触れる雅翔の手の感触でそれを知り、体がゾクゾクと痺《しび》れる。

痺《しび》れと熱がまじり合った快感が込み上げてくるのを抑えられない。

でも屋外で達するのはさすがに恥ずかしくて、絵梨は必死に込み上げる衝動を堪《こら》えていた。

「我慢しないで。気持ちよくなってる顔、ちゃんと俺に見せて」

雅翔が優しい声で諭《さと》す。

声はいつもどおり優しいのに、それと裏腹に指の動きは激しく、執拗《しつよう》に絵梨の弱いところを攻め立てる。

まるで、素直に快感を享受しない絵梨に焦《じ》れているように。彼は男らしい太く長い指で花心と膣の両方を刺激し、絵梨の神経を徐々に追い込んでいく。

「雅、翔……さぁん……あ、……ここじゃ……」

絵梨が甘く掠《かす》れた声で彼の名前を呼ぶ。

「ここじゃ嫌？」

恍惚《こうこつ》の表情を浮かべつつ、必死に理性を保とうとしている絵梨に雅翔が優しく問いかける。

「……ん」

熱い息を吐いて絵梨が首を縦に動かすと、雅翔に微笑まれた。

やっと願いを聞き入れてもらえた、と安心した瞬間、雅翔の指が絵梨の蕾《つぼみ》をきゅっと摘《つ》まんだ。

「あぁぁっ」

油断した直後の強い刺激に、絵梨の全身が痺《しび》れる。

小刻みな震えを、止めることが出来ない。

雅翔はそんな絵梨の表情を窺《うかが》いながら、さらに蕾《つぼみ》を激しく嬲《なぶ》る。

「あぁっううっ…………あ、ぁぁっヤァ！　ん…………っ」

ずっと堪《こら》えていた分、その反動は大きい。

押し寄せる絶頂の予感に、絵梨の体が激しく震える。

デッキチェアが軋《きし》むほどに、体が激しく躍《おど》ってしまう。

「はぁぁあっ……、んふぁぁっ…………やぁぁっ！」

脚の自由がきかないまま、胸を揺らして身悶《みもだ》えた。

腰をくねらせ、背中を反らし、自然と雅翔の方へと胸を突き出す形になっていた。そんなあられもない姿を彼の目に晒《さら》している。しかも、ここは自然の空気を感じる屋外なのだ。

「はぁっぁっ、駄目っ…………いぃっ！　あぁぁぁぁっ」

堪《こら》え切れずに絶頂を迎えた絵梨が、腰を震わせながら甘美な悲鳴をあげる。

忙《せわ》しない呼吸を繰り返しつつ、絵梨は自分の中から雅翔の指が抜けていくのを感じた。

狂おしいほど体と心を占拠していた指が離れる感覚に、絵梨はホッと息を漏《も》らす。

視線を向けると、絵梨を見つめる雅翔と目が合った。

「恥ずかしいから……見ないで」

先ほどまでの愛撫《あいぶ》の残熱に熱い息が漏《も》れる。

「絵梨の恥ずかしがる顔、俺は好きだよ」

雅翔は椅子に身を乗り出し、絵梨の乱れた髪を整え、頬に口付ける。

「じゃあ、希望どおり続きは中で」

そう囁《ささや》くと、絵梨の体の下に腕を滑り込ませて、軽々と抱き上げた。

「えっ……もう!?」

雅翔の愛撫《あいぶ》に散々翻弄《ほんろう》されたばかりなのに。

けれど、その思いとは裏腹に、すっかり快感に蕩《とろ》けた体は、より深い淫《みだ》らな刺激を欲して熱く潤《うる》む。

雅翔はそんな絵梨の本音を見抜いている様子で、部屋に入るなり絵梨をベッドへ運ぶ。

「絵梨、愛しているよ」

ベッドに絵梨の体を横たえた雅翔は、剥《む》き出しになっている絵梨の肌にキスの雨を降らせながら、全ての服を脱がせていった。

そして、軽く舌を絡《から》める口付けをし、すぐに自分の服も脱いでいく。

あっという間に裸になった雅翔は、絵梨に寄り添うようにベッドに体を横たえる。

そっと絵梨の背中に腕を回し、再び唇を求めてきた。

深く唇を合わせ、雅翔の舌が絵梨の口内を支配する。

雅翔の舌が動くたびに、互いの唾液が混ざり合う。

絵梨は彼と混じり合って一つの塊《かたまり》になっていく感覚にうっとりと浸《ひた》る。その感覚を追い求めて、自《みずか》ら雅翔の舌に舌を絡《から》めていった。

互いの背中に腕を回し、自然と体全体が密着する。それにより、雅翔の雄の昂《たかぶ》りを肌で直《じか》に感じた。

その熱が、雅翔の全てを求める絵梨の気持ちを加速させていく。

息をするのももどかしい。そんな思いで激しい口付けを交わしていると、酸欠で意識が朦朧《もうろう》としてきた。

とろりとした意識の中で雅翔の舌を味わっていると、背中に回されていた片方の腕が腰を撫でるようにして前へと動き、絵梨の潤《うるお》いを確かめる。

「あぁっ……」

雅翔の指が秘所に触れた瞬間、ぴたりと密着していた陰唇が、クチュリと卑猥《ひわい》な音を立てて開く。その感覚に、絵梨の背中にゾクゾクとした痺《しび》れが走った。

「すごく、濡れてる」

「うん……」

ごまかしようのない状態に、絵梨は恥じらいつつも頷いた。

「もう入れてもいい？」

無言のまま頷く絵梨に、雅翔も満足そうに頷き、再び絵梨を抱きしめる。彼は絵梨を抱きしめたまま体位を入れ替え、絵梨を胸に抱いたままベッドに仰向けになった。

突然のことに驚き、雅翔の上で固まっていると、雅翔に肩を押されて上半身を起こされる。

「自分で入れてごらん」

「えっ？」

一瞬、なにを言われているのかわからなかった。

戸惑う絵梨の腰を撫でながら、雅翔が優しく命じてくる。

「自分で動いて、俺のものを受け入れて。……絵梨の最高にいやらしい顔を、俺に見せてくれないか」

なんと恥ずかしい命令だろう。なのに、彼に命じられると、その言葉に従いたくなってしまう。

これはもう、病気なのかもしれない。

普段、絵梨に与えてくれる雅翔に求められたら、なんとしてもそれに応《こた》えてあげたくなってしまう。

――恥ずかしいけど……。

込み上げる羞恥心《しゅうちしん》を抑えて、彼の体をまたぐために脚を広げると、再び陰唇が開くのを感じた。

「想像以上に濡れているみたいだね」

雅翔が絵梨を熱く見つめつつ、そう囁《ささや》いた。絵梨の脚の付け根が直接触れている部分から、雅翔に自分の潤《うるお》いが伝わってしまっていると思うと恥ずかしくなる。

「おいで」

雅翔が絵梨の腰に手を当てて、優しく誘《いざな》う。

「……」

声なく頷く絵梨は、雅翔の筋肉質な胸板に手を添え、おずおずと腰を浮かせた。

雅翔の胸に手を付くと、手のひらに彼の鼓動を感じる。自分と同じように、彼の鼓動も速まっているのがわかって嬉しい。

雅翔の欲望を、自分の体で満たしてあげたい。

「――っ！」

膝立ちで位置を合わせ、雅翔のものに体を寄せた。潤《うる》んだ蜜口で雅翔の興奮したものを感じ、その熱に無意識に体が緊張する。

「大丈夫だから、おいで」

そう囁《ささや》く雅翔が自分のものに手を添え、絵梨をサポートしてくれた。

目いっぱい腰を浮かし、雅翔に支えられながらゆっくりと腰を下ろしていく。

蜜口を押し広げるように、雅翔の熱い昂《たかぶ》りが自分の中へと沈んでくるのがわかった。

「はぁぁ……」

自《みずか》ら雅翔のものを呑み込んでいく感覚に、腰が震える。

その感覚を味わいながら徐々に腰を下ろしていく。

「うん…………はぁっ」

脚の付け根で雅翔の体温を感じられるほど深く彼を咥《くわ》え込むと、指とは比べものにならない存在感に全身が痺《しび》れた。

「絵梨、自分で動いてごらん」

ビクビクと体を震わせ甘い息を吐く絵梨の腰を掴《つか》み、雅翔が体を揺すってきた。

それだけで、絵梨の背中を激しい快感が突き抜ける。

「あぁぁあっ……それ、…………駄目っ」

最初の時と比べものにならないくらい感じてしまう。

体勢が違うだけでここまで違うものなのだろうか。それとも絵梨が雅翔を求める気持ちが、前回より強いせいだからだろうか。

どちらにせよ、こんな刺激に耐えて自《みず》ら《か》腰を動かすことなんて出来ない。

絵梨は快感に耐えながら首を横に振った。けれど、雅翔が許してくれる気配はない。

苦しいほど自分の中を占拠する雅翔の存在感に耐えかね、絵梨が軽く腰を浮かすと、雅翔が腰に回した手に力を入れて絵梨の体を引き戻す。

その瞬間、強く中が擦られ、敏感になった絵梨の神経を苛《さいな》む。

「はぁぁっ……いやっ……こんなの……っ」

絵梨は雅翔の胸板に手を突き、再び腰を浮かせる。でも腰を雅翔に押さえられているので、完全に彼のものを抜くことが出来ない。

踏ん張ろうにも体に力が入らず、徐々に腰が下がってしまう。

すると彼のモノが沈んでいく摩擦が、絵梨を切なくさせる。

雅翔のモノを奥まで入れた絵梨の体を、下から彼に揺らされると、すさまじい快感が絵梨の体を支配していく。

「愛しているよ」

腰をくねらせ、悩ましい声を上げる絵梨を見上げて、雅翔がうっとりと囁《ささや》く。

その甘い囁《ささや》きさえも、絵梨の神経を過敏にした。

もっと雅翔の熱に支配されたくなってしまう。

到底無理だと思っていたのに、雅翔に満足して欲しいという気持ちが湧き上がってくる。

熱に浮かされたみたいに、絵梨がゆっくりと腰を動かし始めると、体の奥で雅翔のものがビクビクと疼《うず》くのがわかった。

自分の動きに雅翔の体が反応している。

それを体で感じると、奇妙な高揚感に満たされて腰の奥が熱く疼《うず》く。

「あぁあぁっ……あっっあぁぁっ」

妖《あや》しく腰を動かすたびに、甘く上擦った声が自然と漏《も》れてしまう。

「くっ……っ」

苦しそうな息を吐きながら、雅翔は彼女の腰に手を添え、自然と加速していく絵梨の動きを支える。

「やぁっ……ぁあっ……雅翔さん……揺すッちゃ……駄目ぇっ、奥まで……来る」

「はぁ、駄目だよ……もっと動いて、俺を感じて」

息を弾ませながら、雅翔が腰を突き上げ、より深く絵梨の中に沈んでくる。そして、指で絵梨の肉芽を弾いた。

「ぁあぁっ…………やぁっ…………はぁっっ」

その刺激に、絵梨は背中を反らして腰を痙攣《けいれん》させる。

「ああ、その顔をもっと見せて」

雅翔の目に自分がどう映っているのか不安になる。

きっと目を覆《おお》いたくなるくらい淫《みだ》らな顔をしていることだろう。

それなのに、絵梨の体は雅翔に求められるまま動き続ける。

いつしかその動きは、胸が大きく上下に揺れるほど激しくなり、互いの感情を追い上げていく。

硬く膨れた雅翔の昂《たかぶ》りに膣壁が擦られ、絵梨に限界が近付いていた。

「雅翔さん……もうっ」

「もう無理？」

「……っ」

切ない声を上げる絵梨は、雅翔の質問に首を縦に振って返事をした。

次の瞬間、雅翔は素早く体を起こし、あっという間に絵梨を自分の下に組み伏せる。

そのまま絵梨の腰に自分の腰を強く打ち付けてきた。

「あぁっ……っ」

何度も激しく中を穿《うが》ってくる雅翔に、限界寸前だった絵梨の意識が一気に高みへ押し上げられる。

雅翔が一際強く腰を突き入れた時、絵梨はビクビクと体を痙攣《けいれん》させて達した。

「あぁんっ！」

「――っ！」

切なく痙攣《けいれん》する膣の中で、雅翔のものがさらに熱く脈打ったのがわかった。

雅翔は快感の余韻に浸《ひた》る絵梨の腰を強く掴《つか》むと、激しく腰を打ち付けた後、熱い白濁を吐き出した。

その荒々しい熱が自分の中を満たしていく感覚に、絵梨は体を震わせて反応する。

「愛してる」

全てを絵梨の中に吐き出した雅翔が、強く抱きしめてきた。

「私も……愛してます」

絶頂の余韻が残る体を持て余し、絵梨は熱い息と一緒に自分の正直な思いを伝える。

そして、その思いのまま汗ばむ雅翔の胸に頬を寄せた。


翌朝、目が覚めると隣に雅翔の顔のドアップがあった。

「お、おはようございます」

この前のように、クシャクシャの頭をしていないだろうか。

咄嗟《とっさ》に頭まで羽毛布団を被る絵梨を、雅翔が優しく抱きしめる。

「おはよ」

ふかふかの布団の上から絵梨を抱きしめる雅翔が、「寒くない？」と気遣ってきた。

「だ、大丈夫です……」

暖房のきいた部屋で羽毛布団に包《くる》まって、その上から雅翔に抱きしめられているのだから、正直に言えば暑いくらいだ。

「よかった。昨日、外で色々したから、風邪を引かなかったか心配した」

その言葉に、昨夜のことを思い出す。

「……」

「風邪引かないように、暖かくしてね」

恥ずかしくて黙り込む絵梨を、雅翔が強く抱きしめる。

「雅翔さん……苦しいです」

しばらくそのまま抱擁《ほうよう》に身を任せていた絵梨が、耐えかねたように呟くと、雅翔が「知ってる」と笑う。

「じゃあ、出ておいで」

「……」

茶目っ気たっぷりの雅翔に負けて、絵梨は渋々布団から抜け出した。

すると出てきた絵梨を抱きしめて、雅翔が「そういえば」と、口を開いた。

「昨日の話だけど、心配しなくても大丈夫だと思うよ」

「……？」

「殿春の仕事。あの部長の娘さんがふざけた仕事をすれば、ウチの担当が黙ってないから」

ＣＭを担当してる生島《いくしま》という人は、手抜きや妥協を嫌う人なのだという。あの二人の仕事ぶりがよほど目に余れば、それを見逃したりしないだろうとのことだった。

だから少なくとも、絵梨がガッカリする仕上がりのものが世に流れる心配はない。

それを聞いてホッと安堵する絵梨に、雅翔が残念そうな顔をした。

「ただ、生島さんが、絵梨を担当に戻すかどうかはわからない」

それが出来るだけの権力を持っていても、それを行使するつもりはない。言外にそう伝えてくる雅翔が愛おしくて堪《たま》らない。

絵梨は布団から手を出し、自分を抱きしめる雅翔の手を握り返した。

「酷いものが流れなければ、それでいいです。ウチの会社のためにも、雅翔さんの会社のためにも、それが一番大事なことだから」

「そう。よかった」

そう呟き、雅翔が絵梨の髪に自分の顔を埋《うず》めてくる。

彼の息遣いを感じて、絵梨は小さく微笑んだ。

7　比留川の企《たくら》み

雅翔と幸せな週末を過ごしてから半月。

なにかの仕事から外れれば、別の仕事を任される。

殿春の仕事から外れた絵梨も、他の企画のアシスタントを任され本格的に業務が忙しくなった。

だがそんな中でも、殿春総合商社のプロジェクト企画が難航しているのは耳に入ってきている。

ＣＭ撮影に向け、双方で内容を詰めていくうちに、認識のズレが浮き彫りになってきたようだ。それもあって、日増しに比留川の周辺の空気が重くなっている。

認識のズレが浮き彫りになったのは、プレゼン資料で絵梨が提案した、九州のとある坂道での撮影許可にあった。

その坂はドラマやＣＭ撮影のスポットとして業界人の間では有名な場所だ。殿春の創業者である桜庭家のルーツが九州のその地域にあると知り、プレゼン時に提案した。

地方とはいえ人気の撮影スポット。しかも場所は公道ということで、タレントのスケジュールを確認しつつ、早めに撮影許可を申請する必要があった。そのことは、桃花に渡した資料にもはっきり書き込んでおいた。だが、桃花は資料を読みもせずに捨ててしまい、案の定その撮影場所の使用申請をしていなかったのだ。

　それに気付いた他のスタッフが慌てて申請をしたが、撮影許可が下りた日程と、起用するタレントのスケジュールが合わず、再度日程の調整を求められることになったらしい。

　ところが、双方の連絡係を任された桃花は、タレントに日程調整を相談するどころか、殿春の担当者に「坂なんて、どこでも一緒でしょう」とのたまい、先方を怒らせてしまったというのだ。

　殿春の創業の歴史を踏まえていれば、まずあり得ない発言に、先方の不信感が高まり、打ち合わせが遅々《ちち》として進まない。そのため、タレントの事務所サイドもこちらの対応に呆れ、不信感を抱き始めているのだとか。

　絵梨としては、桃花の仕事の進め方にもの申したいところだが、担当を外れた以上、他人の畑を荒らすようなことははばかられるためぐっと我慢していた。

　それでも一応、桃花に助言するよう比留川に頼んでみたけれど、「後で部長が尻ぬぐいすればいいんだから、好きにさせとけ」と、聞く耳を持ってもらえなかった。

　担当者がそういう考えである以上、自分から担当を離れた絵梨に口を挟む権利はない。

このCM制作は記念プロジェクトの一環で、明確な納期がある。だからずっとこのまま、という訳にはいかないはずだ。

最悪、ストロボ企画が、プロジェクトから外される可能性もある。

そうなれば、会社の信用問題にもかかわってくるだろう。

一刻も早く桃花や比留川が考えを改めてくれることを祈って、絵梨は状況を見守るしかなかった。

そんなある日、担当する仕事の資料作りで外出していた絵梨がオフィスに戻るなり、桃花に睨《にら》まれた。

「絵梨ちゃんのせいです」

「はい?」

扉を開けるなり響いた桃花のヒステリックな声に驚き、絵梨は戸口で硬直した。そんな絵梨に向かって、桃花が指をさして叫んだ。

「絵梨ちゃんが意地悪して、私に必要なことを教えてくれなかったからですっ!」

――一体なにを言っているのだろう?

状況がさっぱりわからない。

ひとまず絵梨は開いたままだった扉を閉め、自分のデスクに向かった。そんな絵梨を桃花が睨《にら》む。

「殿春の人が、担当を代えろって言い出したのは絵梨ちゃんのせいだからねっ！」

桃花の感情的な声に、絵梨は内心「ああ……」と、納得した。

推察するに、今までの桃花の言動に対し、殿春の担当者がついに限界を超え、彼女をプロジェクトから外すよう要請してきたというところだろう。

桃花は、自分の行動を反省することもなく、絵梨に責任転嫁しているのだ。

——さすがに、これは黙っていられない。

「必要なことを教えてくれないというけど、机に置いておいた資料を読まずに捨てたのは安達さんでしょう？」

そう厳しく窘《たしな》める絵梨に、桃花が負けじと言い返す。

「じゃあ、ちゃんと読んでって言うべきでしょっ！　ただ置かれても、必要な資料かどうかなんてわかるわけないじゃないっ！」

「普通に考えて、必要な資料しか置いとかないでしょ。どう考えても、逢坂さんがせっかく作ってくれた資料を目も通さずに捨てた、アンタが悪い」

呆れ顔の郁美が、そう応戦する。

悔しそうに唇を噛む桃花が周囲を見渡すけれど、誰も助け船を出す気配はない。

ただでさえ最近の桃花は、比留川の流している噂話のせいで男性社員の間でも印象が悪くなっている。なので、明らかに桃花に非のある件に、進んで関わる者はいないだろう。

「ねえ、部長は？」

絵梨が郁美に確認しながらオフィスを見渡す。しかし、この件の当事者である安達部長と比留川の姿はない。

比留川はともかく、安達部長がいれば、桃花がここまで暴言を吐く前に止めただろうに。

ため息を吐く絵梨に、郁美が「殿春に謝罪に行ってる」と、こっそり囁《ささや》いた。

――え、担当が二人揃って謝罪……

ということは、事態はすでに、桃花を担当から外せば済むような段階ではないのかもしれない。

「貴女が捨てた資料なら、まだ一応残してあるけど」

今さら無駄かもしれないが、と思いつつ、引き出しに入れてあった資料を捜す絵梨に、桃花が「本当、性格悪いっ！」と、ヒステリックに叫び、オフィスを飛び出していった。

「お～い。まだ仕事中だぞ～」

両手を口に添えた郁美が、桃花の背中に声をかける。

「そんなにまずい状況なの？」

「うん」

郁美が厳しい顔で頷いた。そして「契約が白紙に戻るかも」と、小声で付け足す。

「そんな……」

それは、かなりまずい状況だ。まさか、ここまでこじれるとは思っていなかった。そうなる前に軌道修正するに違いない、という考えは甘かったのかもしれない。

「部長も部長だけど、比留川も婚約者に甘過ぎ。普通、止めるよね？　……そんなに安達さんが可愛いか？」

郁美はそう言って比留川の行《おこな》いを批判するけど、それは違う。

比留川は、恐ろしいくらい自分のことだけを愛している。だから、わざと桃花の暴走を止めなかったのだ。

こうやって桃花の評価を下げることで、自分にとって有利にことを運ぼうとしている。しかしそのためになら、会社の評価や、周囲へかかる迷惑もお構いなしでいいのだろうか。

社内では、今回の件は桃花の暴走とわかっている。でも、ひとたび社外に出れば、全てのミスが個人ではなくストロボ企画の評価に繋《つな》がってくるのに。

「……」

社会人として、同じ会社で働く者として、比留川の利己的な考え方が許せなかった。

だからといって、絵梨に彼の間違いを正す力があるわけでもない。

結局のところ絵梨には、落ち着かない気持ちで比留川たちの帰りを待つことしか出来なかった。

そして戻ってきた安達部長の顔を見た瞬間、状況が芳《かんば》しくないのを察する。

でも……と、絵梨は、安達部長の後に続く比留川に視線を向けた。

——比留川さん、笑ってる？

表面的には神妙な面持ちをしているが、比留川の口元が笑いを噛み殺しているように見える。

さすがにこの状況は笑い事ではないのでは。絵梨がそう疑念の視線を向けていると、一人の男性社員が安達部長に声をかける。

「殿春はどうでした？」

その瞬間、安達部長の表情がさらに険しくなった。

「まだなんとも言えないが……」

絞り出すような声で話す安達部長の言葉を、比留川が「待ってください」と遮《さえぎ》る。

「もしかしたら、俺の力でなんとか出来るかもしれません」

声高に宣言する比留川に、周囲の視線が集まった。

自分が注目されるのを味わうかのごとく、少し間を置いてから比留川が口を開く。

「しばらく、この件を預けてもらえませんか？　俺に考えがあります」

「本当か……？」

安達部長は、比留川の言葉に期待と不安の入り混じった顔を向ける。

そんな安達部長に向かって、比留川が力強く頷いた。

「安達部長のために、精一杯尽力します」

――これは絶対に、なにか企《たくら》んでる。

自信に満ちた比留川の表情を見て、直感的にそう確信した。

究極の利己主義人間である比留川が、誰かのために動くはずがない。

それにもし本当にこの状況を覆《くつがえ》す秘策を持っていて、安達部長のためを思って動く気があるのならば、オフィスに戻る前に安達部長にそう切り出しているはずだ。

比留川の本音を探るように彼の様子を窺《うかが》っていると、不意に比留川が絵梨へと視線を向けた。

「……っ」

一瞬だけど確実に、比留川が絵梨を見て笑った。

彼の意図はわからなくとも、その視線は決していいものではない。

嫌な予感を感じつつ、絵梨はそっと比留川から視線を逸《そ》らした。

◇◇◇

その夜。仕事を終えた絵梨は、一葉で待ち合わせをしていた雅翔に、昼間の件を報告していた。

「彼の秘策ってなんだろう……」

絵梨の話を聞いた雅翔が、思案するみたいに首をかしげる。

向かいで話を聞いていた幸根も「広報部の責任者って、生島さんだろ？」と確認した上で、同じように首をかしげた。

「妥協が嫌いで、公私をきっちりわける主義のあの人に、どうやって擦り寄る気かな？　下手《へた》に媚《こ》びると、逆に怒られそうな気がするけど」

元殿春の社員である幸根も担当者と面識があるらしく、怪訝《けげん》そうにしている。

「ああ。俺もそう思う」

雅翔が同意した時、店の扉が開く音がした。

「いらっしゃいませ」

幸根の声につられて、なにげなく視線を向けた絵梨が、ギョッと目を見開き硬直する。

それに気付いた雅翔も店の入り口に視線を向け、そこに立つ人物に眉を寄せた。

「比留川さん……」

どうして彼がここに。

驚き、言葉を失う絵梨を見て、比留川がにやりと笑った。

比留川と会ったことのない幸根だけが、絵梨の背後で「彼が……」と呟く。

「偶然だな」

そうは思えない下卑《げび》た笑みを浮かべつつ、カウンターの雅翔の隣に腰を下ろす。

「桜庭雅翔さん、先日はどうも」

「……」

視線だけで返事をする雅翔に、比留川が媚《こ》びた笑いを浮かべ話し始める。

「あの時、桜庭さんのことただ者じゃないな……とは、思っていたんですよね。そしたら今日、殿春に謝罪に行った際に貴方を見かけて、驚きましたよ。殿春総合商社、次期社長の桜庭雅翔さん。これもなにかの縁と思って、ご挨拶《あいさつ》に伺いました」

そう馴《な》れ馴《な》れしく話しかけながら、比留川は絵梨と雅翔にスマホを向け、断りもなく二人の写真を撮った。

「なっ！」

シャッター音に驚く絵梨の表情に、比留川がニヤリと笑う。

「逢坂、お前って枕営業してるの？　そこまでして、俺のために殿春の仕事を取ってくれたんだ？」

「――っ！」

比留川の言葉に、雅翔が立ち上がり、比留川の胸ぐらを掴《つか》む。

それでも、感情に任せて殴ったりしないのは、彼の理性の強さのなせる業《わざ》だろう。

体の横で固く握り拳《こぶし》を作り、グッと感情を抑え込む雅翔に、比留川が舌打ちをする。

どうやらさっきの発言は、雅翔を怒らせるためのものだったらしい。

だとすれば比留川がこの場所にいるのも、偶然であるはずがない。

――まさか、会社から後をつけられた？

そう思い至った絵梨は、きつく奥歯を噛みしめる。

比留川から手を離した雅翔が、絵梨を守るように椅子に座った。

「それで、用件は？」

冷めた口調で問いかける雅翔に、比留川がほくそ笑む。

「話が早くていい。ちょっと桜庭さんにお願いしたいことがあるんですよ。まあ、もし断るなら、逢坂が枕営業しているって噂を社内に流しますけど」

得意げにスマホを揺らす。

こんな脅迫まがいの方法が比留川の言っていた秘策だというのか。桃花とは別の意味で、仕事をなんだと思っているのかと言いたい。こんな男のために必死になって仕事をしていた自分が、バカみたいだ。

あまりの悔しさに、きつく唇を噛む絵梨の手を、雅翔が強く握った。

そんな二人に向かって勝ち誇った顔をする比留川に、幸根が冷めた目をして息を吐く。

「君はバカなのか？　そんなくだらない噂で潰れるほど、桜庭の名前は脆《もろ》くない。それに雅翔は、今回のプロジェクトにノータッチだ」

幸根の正論を、比留川が鼻で笑う。

「そりゃ、近い将来殿春の社長になる桜庭さんには、たいしたことないただの噂でしょう。でも、逢坂の立場はどうかな？　会社での居心地も悪くなるだろうし、今後の仕事で取引先に変な期待をされちゃうかもしれませんよね？」

「私と雅翔さんが親しくなったのは、ＣＭの仕事が決まった後です。それに、そういう誤解を招かないために、私がプロジェクトを降りたんです」

思わず反論した絵梨に、比留川は「だから？」と、平然と返す。

「人を傷付けるための噂に、事実なんて必要ないんだよ。お前は仕事のために女を使う奴だし、殿春の御曹司は、そんな女にのめり込むうつけ者……デマだろうがなんだろうが、信じるのは人の勝手だ」

「こんな風に人を脅《おど》して、成果を上げようだなんて、恥ずかしくないんですか？」

あまりの暴言に、怒りで声が震える。

雅翔との大切な時間を、比留川に汚《けが》された気がして、悲しくなった。

「言っとくけど、これは脅《おど》しじゃなくて交渉だから」

比留川が、体の角度を変え、絵梨に視線を向けてくる。その悪意に満ちた視線に、体が強張《こわば》った。

「あ、水かけてもいいけど、このスマホは防水ですよ」

その時、比留川がカウンターを向いて笑った。

渋い顔をして、いつの間にかコップを構えていた幸根が舌打ちしながら手を下げる。

比留川の前に水の入ったコップを置かないのは、彼を客と認めていない証拠だろう。

「で、本題なんですけど、おたくの担当の生島さんって、桜庭さんの取り巻きの一人ですよね？」

「気が合うゴルフ仲間の一人だが、彼を取り巻きだと思ったことはないよ」

冷ややかな雅翔の言葉に、比留川が口元を歪《ゆが》める。

損得勘定でしか人付き合いをしない比留川には、理解出来ない感情なのだろう。

「まあなんでもいいですけど、今回のＣＭ制作の件、桜庭さんの鶴の一声でどうにかしてもらえませんか？　あの生島さんって人、真面目すぎて融通《ゆうずう》が利かないから困ってるんですよ」

そう話す比留川がスマホを揺らす。

「そんなことを、雅翔さんにさせるくらいなら……」

私が会社を辞めます――そう宣言しようとした絵梨の手を、雅翔が強く握った。

比留川の方に顔を向けたまま、雅翔は絵梨の手を強く握り続ける。その力強さが、絵梨に「大丈夫だよ」と、語りかけているようだ。

雅翔の手の温もりに、絵梨の思考に冷静さが戻ってくる。

今ここで、絵梨が仕事を辞めれば、逆に雅翔が絵梨に負い目を感じることになる。

それは罪悪感の押し付け合いでしかないのだ。

そんなの、なんの解決にもならない。

だったら、彼のために自分はなにが出来るだろうか……

冷静に考えれば、その答えは繋《つな》いだ手の先にある。

――雅翔さんを信じる。

絵梨を幸せにする権利をちょうだい。そう言ってくれた雅翔の言葉を信じると決めたのだ。

それなら絵梨は、雅翔を信じて、彼の判断に全てを任せよう。

――私に出来ることは、その結末がどんな形でも、堂々と彼の側で幸せでいることだ。

そう納得し、彼の手を握り返す。

そして、絵梨の見守る中、雅翔が「いいよ」と、比留川に返事をした。

8　告白の時間

「雅翔、お前、なにを企《たくら》んでいる？」

比留川の一葉ゲリラ訪問があってから、数日後の日曜日。

雅翔のマンションのキッチンにある、個人の家に置くには大きめのワインセラー。その前にしゃがみ込んだ幸根が、振り返って雅翔を見やる。

「なにが？」

カウンターに座り、シャツの袖口のボタンを留める雅翔は、白々しい表情で問い返す。

普段自宅で食事を取る習慣のない雅翔のマンションのキッチンは、シンクやコンロに汚れ一つ見受けられない。そのくせ調理器具や食器は一流品が揃っていたりする。なので、幸根には常々、モデルルームのキッチンのようだと言われていた。

ちなみにワインセラーの品揃えは、幸根曰《いわ》く『お取り寄せグルメの倉庫』らしい。彼にはこの家のワインセラーが宝箱かなにかに見えているらしく、現在、品揃えをチェック中だ。

「なにがって……、なんの企《たくら》みもなく、お前があの男の申し出を受け入れるわけないだろ」

「俺、そこまで腹黒じゃないよ」

そう答えつつ、口元は笑っている。

そんな雅翔に「白々しい」と呟いて、幸根は再びワインセラーをチェックし始めた。

「本当だよ。だから、アイツが考えるようなくだらない噂で、絵梨を傷付けるわけにはいかないからね。だから、アイツの言う交渉を呑むことにしたんだよ」

「で、わざわざ今日のパーティー？」

疑念の声を漏《も》らしつつ、幸根は「これ、今日の料理に合うな」と、一本のワインを取り出して雅翔を見る。

「俺が定期的にホームパーティーを開いているのは、お前も知っているだろ？」

「まあ……そのおかげで、俺もちょくちょく仕事をもらってるからな」

雅翔がホームパーティーを開く際、幸根はよくケータリングの料理を頼まれている。なので、パーティーを開くことも、幸根が呼ばれることも珍しくはない。だが、それを比留川のために開くことが腑《ふ》に落ちないだけだろう。

「アイツも、お前みたいにもっと警戒するかと思ったけど」

まだ納得していない様子の幸根に、雅翔が苦笑する。

あの日、生島への取りなしを求められた雅翔はその場で、比留川に今日のホームパーティーを提案した。

仕事に対して愚直な生島相手では、会社で取りなしの場を設《もう》けるより、プライベートな場所でゆっくり話し合う時間を設《もう》けた方がいいのではないか。そんな雅翔の提案を、比留川はあっさり承諾した。

彼自身、生島の性格を踏まえるとそれが妥当だと思ったらしい。

もしくは、雅翔がパーティーに誘う予定の人たちに興味を惹かれたのかもしれないが。

「まぁ、彼の日常では出会うことのない人たちと繋《つな》がりを持てるチャンスだからね。……他人を見下している奴って、『頭のいい自分が騙《だま》されるわけない』って、謎の自信に満ちてるよな」

幸根がそう言って笑った時、マンションのドアチャイムが鳴った。

立ち上がり、モニターで来客の顔を確認した雅翔は、「お待ちしてました」と、セキュリティを解除した。

雅翔が客を連れキッチンに入ると、幸根に笑顔で出迎えられる。

「生島さん、お久しぶり」

「おうっ」

生島がクシャリと表情を崩し、人のいい笑みを浮かべた。

雅翔や幸根より五歳ほど上の生島は、大学までサッカーをしていたこともあり、今も軽いトレーニングを続けているらしい。そのため、三十歳を過ぎても引き締まった体形を維持している。短く刈り上げた髪も、スポーツマンらしい雰囲気を感じさせた。

性格は、体育会系で上下関係には厳しいが、その分サッパリしていて話しやすい。入社当初から、雅翔と幸根は彼の人柄を好いている。

「あれ？　奥さんは？」

「後で来るよ。今日のパーティーは、パートナー同伴が条件だって言うから、子供を実家に預けに行ってる。女の支度には時間がかかるって言うから、暇だし先に来た」

生島の後ろに続く人がいないのを確認して不思議がる幸根に、生島が答える。そして彼は、雅翔に視線を移し「件《くだん》の君は？」と、聞いた。

「後から来るよ」

「ストロボ企画の社員なんだって？」

「そう。……まあ、色眼鏡なしで会って欲しいんだ。で、出来れば協力を頼みたい」

「それは、自分の目で見て、話を聞いてから判断する」

相手が雅翔でも、日和見《ひよりみ》な態度を取るつもりはない。そう言って、生島が荒い鼻息を吐く。

そんな彼に、雅翔は彼らしいと笑った。

だからこそ、生島の発言には、殿春の社長である雅翔の父も耳を貸すのだ。

「もちろん無理にとは言いませんよ。言っても無駄だし。……でもそんな生島さんだからこそ、この件の判断を任せるんです」

雅翔の発言に、生島が「わかってるよ」と、クシャリと笑った。

◇◇◇

「広い……」

そして人が多い。

初めて来た雅翔のマンション。そのリビングに招き入れられた絵梨は、部屋に入ってすぐその広さと人の多さに圧倒された。

――まあ、玄関ホールに立った時から、ある程度の予想はしていたんだけど……

高級ホテルのフロントを彷彿《ほうふつ》とさせる玄関ホールには、これまた高級ホテルよろしくコンシェルジュまで配置されていた。

丁寧な受け答えをするコンシェルジュの態度に、ここがかなりの高級マンションであることがわかる。

雅翔の開くホームパーティーが、絵梨と郁美が時々開いているタコ焼きパーティーと同じレベルであるはずがなかったのだ。

見るもの全てが絵梨の想像を遥《はる》かに上回っている。

――ここは、ダンスホールかなにかですか？

そう言いたくなるほど、大理石を使ったリビングは広く、天井も高い。

――大体どうして、マンションの最上階に庭があるわけ……

リビングから見える窓の外は、ベランダと呼ぶには違和感を覚えるほど広く、手入れされた植物が配置されていた。

「……」

所在なげに、絵梨は周囲を見渡した。

玄関で絵梨を出迎えてくれた雅翔は、次から次へと訪れる来客の対応に忙しそうだし、幸根も料理や飲み物の準備で慌ただしく動いている。そんな二人の側にいたら邪魔になりそうだ。

――アウェー感が半端ない……

徐々に増えてくる客たちは、顔見知りが多いらしくあちこちで集まって雑談を楽しんでいる。けれど、こういう場に慣れていない絵梨は、気後《きおく》れして中に入って行くことができない。

一応お洒落《しゃれ》をしてきたが、華やかな人たちの中では、一人場違いのような気がしてくる。人目に付かないようにと、壁際に飾られているクリスマスツリーの陰に隠れた。

それとなく周囲を確認してみるが、まだ比留川は来ていないようだ。

——安達さんの準備に時間がかかってるのかな？

今日のパーティーは、パートナー同伴が条件だったので、当然比留川は桃花を連れてくるだろう。

もしかすると雅翔は、パーティーを口実に、桃花から直接、殿春の担当である生島に謝罪させることを考えているのだろうか。けど、あの桃花が素直に自分の非を認めるとは思えない。

——もしかしてまだ来てないのは、安達さんがごねているせいかな？

そんなことを考えていると、背後から男性に声をかけられた。

驚いて振り向くと、体格がよく、髪をスポーティーに刈り上げた三十代半ばくらいの男性が立っている。

「君、なにか困ってる？」

男性は、絵梨に気さくに話しかけてくれる。

「いえ、困ってはいないんですけど、知り合いが少なくて、ちょっと気後《きおく》れしています」

相手に心配させては申し訳ないと、素直に今の状況を伝える絵梨に、男性が「なるほど」と、人懐《ひとなつ》っこい笑みを見せた。そして絵梨に自分の右手を差し出す。

「殿春総合商社の生島です。せっかくなので、少しお話ししませんか」

――殿春の生島さん……

ということは、彼が比留川や雅翔が話題にしていた今回のプロジェクトの担当者だ。

そんな人に絵梨が勝手に自己紹介をしていいのだろうかと悩む。けれど生島は、知り合いが少ないと打ち明けた絵梨を気遣い、話しかけてくれたのだ。

そんな彼に、中途半端な返事をするわけにはいかない。

そう思った絵梨は、彼に右手を差し出し自己紹介をする。

「ストロボ企画の、逢坂絵梨と申します」

「ああ、君が桜庭の言っていた、今日会わせたい人か……」

軽く握手を交わした生島が、絵梨の顔を見て小さく頷いた。

「いいえ、それは私じゃありません。桜庭さんが会わせたいと言っていた者は、後から来ると思いますが……」

雅翔が比留川の願いを聞くために生島を呼んだのだと思うと、やっぱり罪悪感が湧く。

でも担当でもない今の絵梨が、ここで余計なことはできない。とりあえず、事情を知るストロボ企画の者として、生島に頭を下げた。

「今回の件、弊社の不手際で御社に多大なる迷惑をおかけしており、申し訳ありません」

あまり大きく頭を下げると周囲に気を使わせてしまうかもしれない。そう思い、頭の角度を浅く保って謝る。すると、生島が突然、「君は、坂はどの坂でも同じだと思う?」と、問いかけてきた。

「え?」

「地方には似たような坂はいくらでもある。撮影地のテロップを入れなければ、画面に映る坂がどこの坂かなんて気にする人はいない。確かにその意見にも一理あるが、君はどう思う?」

生島の言っているのが、今回のCM撮影の舞台に選んだ九州の坂についてだとわかる。画面に映る坂がどこの坂でも気にする人はいない――それは桃花の意見だ。だけど自分はそうは思わない。ためらいつつ、絵梨は首を横に振った。

「それは、違うと思います」

「それは何故?」

「……上手《うま》く説明出来ないんですけど、土地の空気というのは、そこで暮らすうちに、ゆっくりと心と体に染み込んでいくものなんだと思います。方言などと一緒で、その土地で生まれ育った人には、自然とその土地特有の空気を感じますよね。今回のCMの映像には、そうした土地特有の空気を映し出す必要があると思います」

「なるほど……」

「私が地方出身者だからそう思うのかもしれませんが、殿春創業者の心が九州で育ったものであるならば、その心を育《はぐく》んだ場所で撮影をするべきだと思います」

「そうだね。不思議なことに、俺もそう思っている。……どこでもいいなら、極論、画面に自社の文字だけを映せばいい。それをしないのは、人が、物や場所に染み込んだ誰かの思いを感じ取る力を持っているからだ」

生島が、楽しげに笑う。

その笑い方に、彼の人柄の良さを感じる。

そんな生島は、「仕事の話はこれくらいにして……」と、絵梨の地元について、色々と教えて欲しいと頼んできた。

不思議そうな顔をする絵梨に、照れながらその理由を説明してくる。

「近く、家族旅行に行こうと思って、場所をリサーチ中なんだ」

それならばと、子供の年齢を確認しつつ、自分の育った土地のおすすめスポットや、地元の面白い話をしていると、リビングに見知った人が入ってくるのが見えた。

――比留川さんが来た。……でも、隣にいるのは安達さんじゃない？

雅翔に招き入れられる比留川に続いて入ってきた女性は、絵梨のまったく知らない女性だった。

パートナーには当然、桃花を連れてくると思っていた絵梨は、驚いてついじっと見てしまう。

リビングに入ってきた比留川は、目ざとく生島と絵梨を見つけると、雅翔とその女性と連れだってこちらへ近付いてきた。

「ああ……君も呼ばれていたのか」

比留川の顔を見て、生島の雰囲気が変わる。彼の言葉に、絵梨は小さな違和感を覚えた。

――このパーティー、比留川さんと生島さんを引き合わせるためのものじゃないの？

思わず雅翔に視線で問いかけても、彼は静かに微笑むだけで答えてくれる気配はない。

比留川はこちらの驚きを気にした様子もなく、同伴の女性を紹介してくる。

「お招きどうも。彼女は、僕の今日のパートナーで霧島美紀子《きりしまみきこ》さんです」

比留川の紹介に合わせて、女性が会釈《えしゃく》する。清楚で控えめで知的な雰囲気に満ちた彼女は、桃花とはまったく違ったタイプに見えた。

だが、続いた比留川の言葉に、絵梨は耳を疑う。

「彼女は、マスティオ・フィル頭取のお孫さんなんです」

マスティオ・フィルといえば、大手の制作会社だ。

向こうにどう認識されているかわからないが、ストロボ企画としては、マスティオ・フィルをライバルと認識している。今回の殿春のコンペティションにも参加していた企業だ。

パートナーとしてライバル企業の関係者を連れてくるなんて、一体どういうつもりなのだ。

そう思いつつ比留川に視線を向けると、比留川が堂々と「もし当社の方向性にご納得いただけないようでしたら……」と、言い出して息を呑んだ。

──なに考えてるんですかっ！

信じられない思いで睨《にら》む絵梨の目の前で、比留川が平然と言葉を続けた。

「お恥ずかしい話ですが、ウチは部長の娘が好き勝手企画を掻き回してしまうから、収拾がつかなくて……」

雅翔に希望した生島への取りなしは、桃花の失態を謝罪し、ストロボ企画の仕事を成功に繋《つな》げるためのものではなかったのか。

その努力を初めから放棄し、ライバル企業の関係者……しかも頭取の孫娘を連れてくるなんて。

利己主義で浅はかな比留川の考えが読める。

──CM制作の権利を手土産《てみやげ》に、マスティオ・フィルに移る気だ。

万が一それが叶えば、比留川にとって桃花も安達部長も価値がなくなる。それどころか、婚約者の桃花の存在が酷く邪魔になるはずだ。

もしかしたら比留川は、初めからそうした計画を視野に入れていたからこそ、桃花の暴挙をずっと放置してきたのかもしれない。そんな疑惑が浮かんでくる。

だからこそ、ここまでストロボ企画の仕事や人間関係を雑に扱っていたのかと思うと、本当に許せなかった。

「お二人は付き合っているんですか？」

さりげなく尋ねる生島に、美紀子が「まさか」と、首を横に振る。

「パートナー同伴のパーティーに出るのに、相手がいなくて困っていると比留川さんから聞いて、個人的に桜庭さんの開くホームパーティーに興味があったから同伴を承諾したんです」

朗《ほが》らかに笑う美紀子からは、比留川に対する興味は感じられない。比留川もそれを感じ取ったのか、面白くなさそうな顔をしている。

「そんなことより……」

比留川が話を進めようとした時、「なにそれっ！」と、ヒステリックな叫び声が聞こえた。

驚いて声のした方を見ると、いつからそこにいたのか桃花の姿があった。

「安達さん……どうしてここに」

ツリーで死角になっていて気付かなかった。なんと、桃花だけでなく安達部長までいる。

二人を案内してきたらしい幸根が控えめに肩を竦《すく》めた。

驚き言葉もない絵梨に、安達部長が答える。

「桜庭氏よりご招待いただいた。同伴者が必要というので、せめて謝罪だけでもさせようと娘を連れてきたのだが……」

安達部長が、この状況を呑み込めていない様子で比留川に視線を向ける。その横では、桃花が鬼の形相《ぎょうそう》で、比留川と美紀子を睨《にら》んでいる。

――美紀子さん、いい迷惑だろうな。

軽い気持ちでパーティーに出席したら、突然男女の修羅場に巻き込まれたのだ。

雅翔もさすがにこの状況は想定していなかったのか、額《ひたい》に手を当て唸《うな》っている。

「比留川君の脅《おど》しに乗るのは癪《しゃく》だけど、生島さんが納得する形で今回の一件を修正出来るなら、ストロボ企画としては悪くない話だと思ったんだ。ただそのためには、比留川君一人より、その上司である安達さんが同席していた方がいいと思って声をかけたんだけど……」

雅翔が申し訳ないと言いたげに、美紀子に視線を向けた。その側で、安達部長が「脅《おど》し？」と、眉をひそめる。だが安達部長がそのことを確認する前に、桃花が比留川に手を振り上げた。

パシンッ——と乾いた音を周囲に響かせ、桃花が甲高い声を上げた。

「最低っ！　絵梨ちゃんのことはともかく、私のことまで利用していいと思ってるの？　冗談じゃないわっ！　だいたい、この女、誰よ」

突然指をさされ、目を丸くする美紀子を庇《かば》うように、比留川が「場所を考えろよっ！」と怒鳴る。そしてすぐ、気まずそうに美紀子へ笑みを向けた。

さすがにここまで派手に騒げば、他のお客さんたちが気付かないはずがない。周囲の視線に気付いた比留川が、申し訳なさそうな顔で告げる。

「すみません。彼女はウチの部長の娘で、実は俺のストーカーなんです」

「なっ、誰がストーカーよっ！　私たち、婚約しているじゃない！　っていうか、なんでお揃いで買った指輪してないの？」

「黙れって……」

「もう友達に自慢しちゃったんだから、婚約破棄なんて許さないわよっ！」

——こんな状況を見せられても、比留川さんと結婚したいんだ……

それも世間体のためだけに。

恥も外聞もなくわめき散らす桃花に絵梨が呆れていると、再びパシンッと頬を叩く音が響いた。

見ると、桃花が叩かれた頬を押さえ呆然としている。

「パパ……」

「いい加減にしなさい」

安達部長は桃花の頬を打った手で拳《こぶし》を作り、「お騒がせして申し訳ありません」と、周囲に向かって頭を下げる。

「はいっ！　それまでっ」

直後、静まり返った部屋の空気を打ち消すように、幸根が手を打ち鳴らした。

そうやって周囲の視線を引きつけた幸根が、生島へと視線を向ける。

「で、どう？　生島さんは、雅翔の頼みを聞き入れることにしたの？」

問いかけられた生島が、笑顔で頷く。

「俺はいいと思うよ」

――えっ……。

まさかこの状況で、比留川の希望を呑むと言うのだろうか。

絵梨が思わず雅翔に視線を向けると、目尻に皺《しわ》を作った彼に微笑まれた。

大好きな彼の笑みについ見とれてしまう。その間に、雅翔が突然、絵梨の前に片膝をついて跪《ひざまず》いた。

「ま、雅翔さん？」

彼は着ているジャケットの胸ポケットから、小さな箱を取り出す。手のひらサイズの箱は、薄い桜色のベルベットに覆《おお》われていた。

そんなことはあり得ないと思いつつも、つい指輪を想像してしまう。

戸惑う絵梨を見上げて、雅翔は表情を改め絵梨に向かって箱の蓋《ふた》を開けた。

「ずっと前から、君に恋してた。逢坂絵梨さん、俺と結婚してください」

「――っ！」

雅翔の持つ箱の中には、ダイヤのはめ込まれた指輪が輝きを放っている。

想像もしていなかったプロポーズに、絵梨は言葉を失う。

喜びより驚きが上回り返事の出来ない絵梨に、雅翔が自分の思いを伝えた。

「顔を合わせる随分《ずいぶん》前から、君の言葉に励《はげ》まされてきた。絵梨、これから先も、俺の人生を支えてもらえないだろうか」

雅翔のプロポーズに気付いた周囲がどよめきだす。

「でも私じゃ、色々と……」

雅翔と絵梨では、育った環境や立場が違い過ぎる。

気後《きおく》れする絵梨に、傍《かたわ》らに立っていた生島が「君の人柄はわかった。社長には、俺から口添えしてやるよ」と、背中を押してくれた。

どうやら、雅翔が生島に頼んでいたのは、絵梨との結婚を後押しして欲しいということだったらしい。

——それにしたって、こんなに人がいるところでしなくても……

突然の公開プロポーズに身の置き所のない絵梨だけど、よく考えたら、この場にいるのは雅翔の知り合いばかりだ。きっと彼は、絵梨以上に恥ずかしいに違いない。

それでも公《おおやけ》の場でプロポーズをしてくれたことに、雅翔の本気が感じられる。

それならば、絵梨も本気で答えるべきだ。

「はい。喜んで」

と、絵梨が返すと、周囲から大きな歓声と拍手が沸き上がる。

その祝福の声に応《こた》えつつ、立ち上がった雅翔は絵梨の左手の薬指に指輪をはめた。


「なんの茶番だよ、これ……」

絵梨と雅翔に対する周囲の祝福が少しずつ収まり始めた頃。

人の輪に阻《はば》まれ退席のチャンスを逃した比留川が、冷めた声で吐き捨てた。

そんな比留川に、未だ祝福の輪から抜け出せない雅翔に代わって、幸根が「わからない？」と、問いかける。

「雅翔が絵梨ちゃんに正式なプロポーズをした今、今後、君がどんなデマをでっち上げようとも、なんの効果もなさなくなったということだよ」

「どういう意味だよ」

「確かに人は噂話が好きだけど、悪い噂だけが好きなわけじゃない。絵梨ちゃんと雅翔の運命的な恋の話を知れば、喜んで拡散してくれるだろうよ。そんな中で、君のクソみたいなデマを、一体どれだけの人が拡散してくれる？　ただのやっかみと思われておしまいだろうよ」

「……っ」

苦々しい顔で唇を噛む比留川に、幸根が冷たく告げる。

「人の善良な部分を利用することしか考えていない、君の負けだよ」

そんな二人を見ていた安達部長は、絞り出すような声で桃花に告げる。

「桃花、お前は会社を辞めなさい」

「は、なんでっ！」

桃花が納得出来ないと、声を上げる。

「自分のしでかしたことを考えれば、当然のことだろう」

「嫌よっ！　なんで私が会社を辞めなきゃいけないの。私、悪くないもん」

今にも泣き出しそうな桃花を見据え、安達部長が厳しい表情で言う。

「そう思うなら、好きにしなさい。だが私は、今回の責任を取って会社を辞めるつもりだ」

「――えっ!?」

「もう誰かに助けてもらえると思わないことだ。お前もいい大人なんだから、これまでと気持ちを入れ替えて、しっかり働くんだぞ」

「そんな……」

安達部長の言葉に、桃花だけでなく比留川の表情も硬くなる。

そんな比留川を見据えて、安達部長が厳しい声で言った。

「私は君を誤解していたようだ。今回の件は、上にも報告させてもらうから、その覚悟はしておくように」

「冗っ……」

「先に言っておきますけど、マスティオ・フィルに貴方の座る椅子はないわよ」

美紀子が爽《さわ》やかな笑みを浮かべて残酷な宣言をする。

強張《こわば》った比留川の表情が、その言葉でみるみる青ざめていった。

そんな比留川には目もくれず、美紀子が絵梨に笑顔で「婚約おめでとう」と、祝福の言葉を贈ってくれた。

「あの……変なことに巻き込んでしまって、すみません……」

慌てて謝罪する絵梨に、美紀子が軽やかに笑う。

「なんだか面白いものを見せてもらったから、気にしないで。また別の機会があったら、ゆっくりお話ししましょう」

そう言い残して颯爽《さっそう》と出ていく美紀子を見送ると、雅翔に名前を呼ばれた。

呼ばれるままに雅翔のもとに行き祝福を受けていると、いつの間にか比留川たちの姿も消えていた。

◇ ◇ ◇

「慌ただしい日だったね」

あの後、急遽《きゅうきょ》二人の婚約パーティーに切り替わった集まりは、先ほどようやくお開きとなった。

幸根を始めとするパーティーの参加者は、最後まで笑顔で二人を祝福し引き上げていった。

二人だけになった雅翔のマンションで、片付けを始めようとした絵梨を、雅翔が抱きしめてくる。

「片付けは、明日ハウスキーパーを頼んでいるからしなくていいよ」

そして絵梨の左手に自分の手を重ねて、彼女の薬指にはまる指輪の存在を確かめる。

「本当に、私でいいんですか?」

素直に不安を口にする絵梨に、雅翔が微笑んだ。

「絵梨じゃなきゃ駄目だから」

そう言って、彼はさらに強く絵梨を抱きしめる。

「絵梨こそ、俺でいいの？　経営者の奥さんって、いいことばかりじゃないよ」

「大丈夫ですよ」

もともと苦労には免疫《めんえき》がある。

ただひたすら甘やかされて与えられる一方より、彼を支えて苦労する方がよっぽどいい。

そう胸を張る絵梨に、雅翔が「心強いよ」と笑い、頬に口付けた。

「愛してる」

そう囁《ささや》いて、雅翔の手が絵梨の腰のラインを撫でる。

「……あっ」

雅翔の手の動きに、絵梨が困ったように腰をくねらす。

しかし雅翔は、その反応を楽しむみたいにさらに絵梨の腰を撫でてきた。

クチュリと、舌を這《は》わせて耳たぶを甘噛みしながら、雅翔は絵梨のスカートをたくし上げていく。

「雅翔さんっ……」

ここは明るいリビングだ。そんなところで立ったまま求められている事実に戸惑い、絵梨は身を捩《よじ》らせて逃げようとする。けれど雅翔は、絵梨のスカートを完全にたくし上げ、下着の中に手を侵入させた。

「絵梨の体、いやらしくなってる？」

絵梨の肉の薄い尻に指を食い込ませ、雅翔が聞いてきた。

そしてすかさず唇をチュチュッと音を立てて吸われると、それだけで体の奥が熱くなる。それをごまかしたくて、絵梨はもぞもぞと体をくねらせた。

「……」

そんな絵梨から言葉を引き出すべく、雅翔の指が妖《あや》しく動く。

体を少し絵梨から離し、腰から手を滑らせて絵梨の腹部に触れる。

熱い手のひらの感触に、肩を小さく跳ねさせる。彼はそのまま手を移動させ下着の上から絵梨の脚の付け根を撫でた。

「ああ……やっぱりいやらしくなってる」

どこか意地の悪さを感じる声で雅翔が囁《ささや》く。

普段は底抜けに優しいのに、肌を重ねる時だけ、雅翔は少し意地が悪い。

でも絵梨は、その意地の悪さが嫌いではなかった。

それどころか、雅翔の激しさに困らされたいと望む自分が心の中にいる。

「だって……雅翔さんが触るから……」

どこか言い訳じみた絵梨の主張を、雅翔は「そう。ごめんね」と、軽くあしらう。

「じゃあ、もっと触るから、もっといやらしくなっていいよ」

耳元で妖《あや》しく囁《ささや》かれつつ、下着の上で指を動かされると、体の奥がムズムズしてくる。

すると、雅翔が不意に下着に指をかけて引っ張った。肌から離れる時、下着と肌の間に淫靡《いんび》な蜜の糸が引いたのが見なくてもわかる。

「……う、駄目っ」

恥ずかしさが抑えきれない絵梨を、雅翔が「嘘つき」と笑いながら、首筋に唇を這《は》わせた。

そして、長い指を絵梨の膣の中へと沈めてくる。

「あぁぁあっ！」

潤《うる》んできているとはいえ、まだじゅうぶんに濡れているとはいえない状態。しかも立ったままの不慣れな姿勢で挿入された異物に絵梨が体を震わせた。

「逃げちゃ駄目だよ」

不意打ちの刺激に膝から崩れそうになる絵梨を、もう一方の腕で支えて雅翔が咎《とが》めてくる。

そうしながら絵梨の中に沈めた指を、動かしてきた。

「雅翔さん……やぁ…………ぁっ」

乱暴なくらいの指の動きに、絵梨は堪《たま》らず身を捩《よじ》らせ、逃れようともがく。雅翔は抱きしめる腕に力を込め、耳元で囁《ささや》いた。

「暴れると、もっと虐《いじ》めるよ」

「……っ」

その言葉に警戒した絵梨の動きが止まると、雅翔が「いい子だ」と言って、唇を塞《ふさ》いでくる。

「んっんっんっっ…………っ」

噛み付くように深く唇を重ね、雅翔が絵梨の舌や口腔《こうこう》を蹂躙《じゅうりん》した。

舌と舌を絡《から》み合わせて、互いの熱を確認する。

それだけでも堪《たま》らなく淫《みだ》らな気持ちになるのに、下半身に深く沈み込んだ指が中で妖《あや》しく蠢《うごめ》く。

くちゅくちゅという水音と共に、雅翔の指の動きが滑《なめ》らかになっていくのがわかった。

それはつまり、絵梨の中が淫《みだ》らな蜜で溢《あふ》れてきていることを意味している。

――意地悪……

暴れなければ、虐《いじ》めないのではなかったのか。

つい恨めしく思ってしまうが、上と下を同時に乱されている状態では、声を出すことも出来ない。

立った姿勢のまま逃げることも出来ずに、甘い刺激に耐えていると、次第に酸欠で朦《もう》朧《ろう》としてくる。

雅翔にしがみついて、膝から崩れ落ちそうになるのを必死に堪《こら》えていると、突然、絵梨の中に指がもう一本侵入してきた。

「んんっ……アッ…………っ」

二本目の指が蜜に濡れた内部を擦り、それだけで膣がヒクヒクと痙攣《けいれん》してしまう。

それを指で感じ取った雅翔が、少し唇を離して聞いてきた。

「もっと欲しい？」

「…………っんっ……っ」

欲しくても、恥ずかしくて素直にそれを言葉に出来ない。それなのに、膣はいやらしく雅翔の刺激をねだる。

「いやらしいね、絵梨」

絵梨の本音を指で感じ取っている雅翔が囁《ささや》く。

その言葉に、膣内の柔肉がビクビクと痙攣《けいれん》した。

雅翔の指がそれに誘われるように、さっきよりも激しく絵梨の中を掻き乱していく。

さらに彼は、中で指を曲げて絵梨の感じるところを擦ってきた。

膣壁を乱暴に擦ったり、激しい抽送《ちゅうそう》を繰り返されたりすると、下半身の感覚が雅翔の指に支配されているような錯覚を起こす。

「雅翔……さん……もうぅっ…………駄目っ」

身を震わせ、切なく喘《あえ》いだ絵梨に、雅翔が「もう駄目？」と、確認してくる。

「……んっ」

絵梨が苦しげに頷くと、雅翔の指が絵梨の中から抜き去られる。

その感覚に、背中がゾクゾクと震え、膝から崩れ落ちそうになった。

「あぁ……っ」

雅翔にしがみつく絵梨を、彼が優しく抱きしめて囁《ささや》く。

「じゃあ、続きは体を洗いながらにしよう」

「……ぁっ」

その言葉の意味を理解する前に、雅翔が絵梨の体を軽々と抱きかかえた。

「疲れただろうから、俺が洗ってあげるよ」

「えっ……いいです。シャワーくらい一人で浴びられます」

——それは恥ずかしい。

にわかに焦る絵梨に、雅翔が首を横に振る。

「それを待つ気はないよ。このままここでするのと、シャワー浴びながらするの、どっちがいい？」

「え……っ」

そんなの、どちらを選んだらいいのかわからない。

困って黙り込む絵梨の首筋に、雅翔がキスをする。

「選べないなら、俺が決めるから」

そう宣言し、彼はそのまま絵梨をバスルームへと運んでいった。


雅翔は抱きかかえていた絵梨を、バスルームの前にある洗面スペースで下ろす。

「雅翔さん……」

大理石の洗面台に後ろ手をつき、絵梨が困り顔で雅翔を見上げた。

「ほら、服を脱いで」

そう催促されても、恥ずかしさが先に立ってなかなか行動に移れない。

絵梨の頬を両手で包んで持ち上げた雅翔は、戸惑う絵梨を諭《さと》すように、優しく唇を重ねた。

唇だけでなく、額《ひたい》、両頬、首筋と、優しいキスを降らせながら、雅翔は絵梨の服を脱がせていく。

首筋に触れる彼の唇の感触がくすぐったい。

思わず絵梨が首を竦《すく》めた拍子《ひょうし》に、ワンピースがするりと肩から滑り落ちた。

「こうやって、バスルームで絵梨の服を脱がすのは二回目だね」

下着姿になった絵梨の肌に、雅翔の熱い息が触れる。

初めて雅翔とホテルに泊まることになった日も、こうして雅翔に服を脱がせてもらったことを思い出した。

「……っ」

あれからまだ日にちが経っていないのに、今日この人と結婚の約束を交わしたのだ。

その事実を噛みしめた絵梨は、自分から雅翔の唇を求める。

「絵梨の唇、柔らかいね」

互いの唇の感触を確かめるように、優しく唇を重ねた雅翔が囁《ささや》く。

「雅翔さんのおかげです」

雅翔に出会って、彼の影響を受けて、いつの間にか唇を噛む癖はなくなっていた。

「ありがとう」

絵梨の顎《あご》を持ち上げ、雅翔が再び唇を重ねる。

彼は絵梨の身に纏《まと》っているものを全て脱がせると、自分の服も脱ぎ捨て、絵梨をバスルームへと誘《いざな》う。

「……」

マンションの内装からすれば当然なのだろうけど、バスルームも絵梨が一人暮らしをする部屋のものとは比べものにならないほど広い。

冬なのにお湯の張られていないバスルームに入って暖かいと感じるのは、きっと床暖房が入っているからだろう。

「おいで」

雅翔が絵梨をシャワーの下に連れて行く。

「キャッ」

「ごめん」

シャワーを出した瞬間、冷たい水が体にかかって悲鳴が漏《も》れる。

でも、すぐに温かなお湯に変わった。

雅翔は背後から包み込むように腕を回し絵梨の体を濡らした後、ボディソープを泡立て、絵梨の胸を包んだ。

「あっ」

持ち上げるように包み込まれた乳房が、泡で滑り落ちる。

その感触がくすぐったくて腰を引くと、臀部《でんぶ》が雅翔の腰に触れた。

「……っ！」

見なくても肌に触れた雅翔のものが、荒々しく膨張しているのがわかる。

「くすぐったい？」

そう問いかけながら、雅翔の手が再び絵梨の胸に触れた。

絵梨が崩れ落ちないよう左腕で腰を抱き、右手で絵梨の乳房を嬲《なぶ》ってくる。

ボディソープのぬるつきを利用して、胸を鷲掴《わしづか》みにしては手を滑らせ、絵梨の胸を揉みしだく。

ぬるぬると肌を滑る手のひらの感触に絵梨が身悶《みもだ》えると、雅翔はより淫《みだ》らに絵梨の体に触れてきた。

指の間に硬くなった乳首を挟まれ、胸を揉まれる。泡で滑り指の隙間から抜け去る瞬間、妖《あや》しい痺《しび》れが絵梨を包む。

「はぁぁっ」

雅翔の指にいじられ、胸の先端がこれ以上ないくらい硬くなった。

そこを雅翔は、集中的に虐《いじ》めてくる。

硬く尖った先端を指で挟まれ、痛みを感じるほど強く引っ張られた。

「——あっ！」

強弱をつけてそれを何度も繰り返されると、体の奥が疼《うず》いて堪《たま》らない。

「雅翔さん……」

甘えた声で名前を呼ぶと、雅翔が絵梨の背中に覆《おお》い被さった。

「挿れていい？」

「ここで？」

「うん」

「……」

バスルームですることにためらいを見せると、雅翔の両手が絵梨の下半身へと伸びた。

左手の指で絵梨の陰唇を押し広げ、右手の指が絵梨の中を探る。

「ほら、すごく濡れている」

泡を纏《まと》いぬるついた指で秘所を擦られると、通常とは異なる疼《うず》きが体を突き抜ける。

「やぁぁ……駄目っ……」

掠《かす》れた声で喘《あえ》ぐ絵梨は、雅翔の腕を押して自分の体から離そうとした。でも圧倒的な体格差のある雅翔の腕はびくともしない。

「逃げちゃ駄目だよ」

そう囁《ささや》く雅翔は、ためらう絵梨を罰するように、陰唇の上で赤く膨らんだ蕾《つぼみ》をきゅっと摘《つ》まんだ。

「あぁぁぁっ！」

不意の刺激に絵梨は甘い悲鳴を上げ、背中を反らした。

脚から力が抜けそうになり、絵梨は雅翔の腕に身を任せる。

「それは、誘ってるの？」

絵梨の意思を確認するように、雅翔の指が脚の付け根でいやらしく蠢《うごめ》く。

蜜口や蕾《つぼみ》を指で丹念に撫でられると、腰がビクビクと震えてしまう。

込み上げる快楽をどうにかしたくて、無意識に腰をくねらせると、臀部《でんぶ》に雅翔の熱い昂《たかぶ》りが触れた。

しっかりと反応し、熱く脈打つ雅翔のものを肌で感じ、絵梨の膣が自然と収縮する。

「絵梨……本当は挿れて欲しいんだろ？」

そう言って、彼は絵梨の中の指をゆっくりと抜き差ししてきた。

「やっ——ち……違うっ」

いくら否定しても、指で膣壁を擦られるたびに、さらなる刺激を求めて体が疼《うず》くのを止められない。雅翔はそんな絵梨の体を支えながら、お湯の張られていないバスタブの縁に手をつかせる。

「あ……っ」

雅翔の導くままに体を動かした絵梨は、すぐに自分が酷く淫《みだ》らな格好をしていることに気が付いた。

前屈みになって、後ろにいる彼にお尻を突き出している。

意識した途端、羞恥心《しゅうちしん》でいっぱいになった。

慌てて姿勢を直そうとしたけど、それより早く、雅翔の手が背後から絵梨のお尻を掴《つか》んだ。そしてそのまま、荒々しく膨張した自身の肉棒を絵梨の中へと突き入れる。

背後から体を串刺しにされたかと錯覚するほど、強烈な感覚が全身を貫いた。

「あぁぁぁっ……！」

バスルームに絵梨の高い嬌声《きょうせい》が響く。

雅翔はその声に煽《あお》られたように、いっそう深く絵梨の中に自分のものを沈めていく。

その感覚に、絵梨は背中を反らせて腰を震わせた。すると、雅翔が少しだけ腰を引く。

けれど熱い雅翔のものが抜けていく際、挿入された時と同じくらい絵梨の敏感な肌を擦った。

「――っ……はぁぁぁぁっ……雅翔さんっ」

途中まで引き出された肉竿は、抜き去られることなく、また深くまで沈み込んでくる。

「あっあっぁぁっ」

すぐに雅翔は、激しく腰を動かし絵梨の中を穿《うが》ってきた。何度も何度も、彼のものが絵梨の最奥《さいおう》を突く。その刺激に、絵梨の膣壁が喜び震えた。

雅翔は、絵梨が崩れ落ちないよう、強く腰を支えながら抽送《ちゅうそう》を続ける。

――ああ、中が、熱い……

絵梨は滑りやすいバスタブの縁をしっかりと掴《つか》んで、与えられる衝撃に耐える。

「……………ぁあっ……………っ」

酷く卑猥《ひわい》な姿勢で挿入されていることに、湧き上がる羞恥心《しゅうちしん》が消えない。

それでも、雅翔に望まれているのだと思うと、それを拒《こば》めない自分がいた。

せめて声だけでも堪《こら》えようと唇を引き結ぶと、雅翔がそれを見透《みす》かしたように言う。

「絵梨、もっといやらしい声を聞かせて」

そう言われてしまうと、もう堪《こら》えることが出来ない。

「あぁ……っ。……やぁあっ……雅翔さん……もっとっ！」

絵梨の中をめちゃくちゃにする、雅翔の激しさが堪《たま》らない。

彼から与えられる快感に体が支配されていく。

「絵梨……っ」

絵梨の声に興奮したのか、雅翔がより激しく腰を動かした。

雅翔の腰が絵梨の尻を叩く音が、絵梨の喘《あえ》ぎ声と共にバスルームを満たしていく。

「雅……と……さぁんっ」

全身を快感で蕩《とろ》けさせ、愛しい人の名前を正しく発音することも出来ない。

絵梨は雅翔から与えられる刺激を享受し、姿勢を崩さないように必死に堪《こら》えた。

「あぁぁぁあっ！」

「……っ」

荒々しい雅翔の動きに膣が擦られ、腰の震えが抑えられない。

何度も何度も激しく突かれて、意識が朦朧《もうろう》としてくる。

このまま永遠に雅翔に支配されていたい――そんな奇妙な思いが頭を掠《かす》めた。けれど、堪《こら》えようのない快感が、体の奥から溢《あふ》れてきて、それは無理だと絵梨に教える。

「雅翔さん、もう……」

この時間を惜しむように、絵梨が切ない声で限界を告げると、雅翔の腰の動きが変わった。

さっきまでの荒々しい動きは、あれでもまだ絵梨を配慮してくれていたのだと思い知る。それほど、雅翔が激しく絵梨の中を穿《うが》ち始めた。

雅翔のものが、絵梨の中でさらに硬く膨張するのを感じる。

――あぁぁぁっいく。

「…………っ！」

「絵梨っ！」

絵梨が達するのとほぼ同時に、雅翔の灼熱《しゃくねつ》が絵梨の中で爆《は》ぜた。

自分の腰を捕らえていた雅翔の腕が解かれると、絵梨はその場に脱力して座り込んだ。

そんな絵梨の体を、雅翔が背後から優しく包み込み、再びシャワーを浴びせて丁寧に洗ってくれた。

「そういえば……」

二人でシャワーを浴び、雅翔のベッドに潜《もぐ》り込むと、雅翔が絵梨の耳元に顔を寄せて囁《ささや》いた。

「はい？」

微《かす》かに首を動かす絵梨に、雅翔が言う。

「生島さん、あの企画を立てたの比留川君じゃないって、途中から気付いていたみたいだよ」

「……そうなんですか？　でも、どうして？」

「話していると空気でわかるんだって。……そもそも、今回の仕事をストロボ企画に決めたのは、感覚が俺と似てると思ったからだって言ってた」

「それはどういう意味ですか？」

「生島さん曰《いわ》く、ここ一年くらいで、俺の言動に殿春を背負うに相応《ふさわ》しい風格がついてきたんだって。その時期は、サクラとして絵梨とメッセージをやりとりするようになって、大事なことに気付き始めていた頃だ」

「うん」

「生島さんは、俺の心境の変化を評価してくれていた。そんな時、絵梨が考えたストロボ企画の案が、俺の変化を反映しているように感じて、採用したらしいよ」

「不思議ですね」

人は物や場所に染み込んだ、誰かの思いを感じ取る力を持っていると話していた生島は、絵梨と雅翔の不思議な繋《つな》がりを感じ取っていたのかもしれない。

「不思議だけど、それくらい強く、俺は絵梨に影響を受けていた」

そう話す雅翔が「すごいね」と、笑う。

「なにがですか？」

「なにも知らない生島さんが感じ取るくらい、絵梨は俺の人生に影響を与えていたんだよ。そしてこれからもずっと、それは続いていく」

そのことが楽しくて堪《たま》らない。

そう言いたげに、雅翔が絵梨を強く抱きしめる。されるがまま、雅翔の胸に頬を寄せると、少し速い鼓動が聞こえる。

それを愛おしく感じながら、絵梨は口を開いた。

「私も雅翔さんに影響されて、良い意味で変化しています」

「そうか。結婚したら、俺たちはそうやって、お互いに影響し合って生きていくんだな」

雅翔の言葉が心に沁《し》みる。

「夫婦になるって、そうして、一つの塊《かたまり》みたいになっていくことなのかな？」

絵梨の何気ない発言に、雅翔が「そうだね」と、同意する。

長い時間をかけて、思いを絡《から》め合い、互いをかけがえのない唯一無二の存在にしていくのだ。

その幸せを確かめるべく、二人は見つめ合い自然と唇を重ねた。

エピローグ　幸せな時間

「殿春の仕事、取り戻したんだって？」

一葉で、雅翔とデートの待ち合わせをする絵梨に、幸根がお茶を出しながら言う。

「おかげさまで」

差し出されたカップを両手で包み込むように持ち、絵梨はペコリと頭を下げる。

「で、あの部長さんも、結局は留任したんでしょ？」

その言葉に、絵梨は笑顔で頷いた。

あの後、事態の責任を取って、安達部長と桃花と比留川が揃って退職届を出した。だが、安達部長だけが、退職を止められたのだという。

安達部長は最初、その話を断ったらしいが、殿春総合商社の広報担当である生島さんが「安達部長指揮のもと、最初の企画に戻してくれるなら再検討してもいい」と伝えてきたことが決め手となり、会社に留まることになったのだ。

そして、その企画推進のために、絵梨が再びプロジェクトに参加することになった。しかも今回は、絵梨がメインスタッフとして動くことになっている。

「今までしてきたことの結果、それぞれが収まるところに収まったって感じだね」

「そうですね」

頷く絵梨に、幸根が「めでたしめでたし」と拍手をするけど、絵梨の隣に座る雅翔だけが不満げな顔をしている。

「なんだよ、雅翔。なにか不満があるわけ？」

「ああ。そのせいで、俺たちの結婚が延期になった」

いくら公私を分けて考えるといっても、さすがに結婚は仕事が落ち着いてからにしよう、という絵梨の提案を承諾してくれたはずなのに。

その子供じみた理由に、幸根が噴き出す。

だが、雅翔は本気でそれが気に入らない様子だ。

「いいだろ。好きな子と結婚出来るんだから、それくらい我慢しろよ」

「好きだからこそ、我慢したくないんだ」

呆れ気味の幸根の言葉にも、雅翔が納得する様子はない。

その姿が可笑《おか》しくて、絵梨は雅翔の手に自分の手を重ねた。
この先、長い時間を二人で重ねていけば、この一瞬も懐《なつ》かしい思い出になるのだろう。
それがわかっているからこそ、毎日の些細《ささい》なことが幸せで愛おしい。
触れた絵梨の手に視線を向けた雅翔が、ため息を吐いて微笑んだ。
「まあ、結局は絵梨のために、おとなしく待つんだけどね」
そう言ってくれる彼が、心の底から愛おしくて、絵梨は目を細めるのだった。

書き下ろし番外編

桜の下で

三月末。ストロボ企画のオフィスに、拍手の輪が広がる。

拍手の中央にいる絵梨が顔を上げると、まず同僚の郁美と目が合った。

感極まった様子で微《かす》かに目を潤《うる》ませる郁美に、気恥ずかしさからつい苦笑いを浮かべてしまう。

「おめでとう」

部署を代表して花束を渡す安達部長が「私が見送る側になるとは思わなかったよ」と、微妙な笑みを添えるのは、一度は会社を辞めようとした彼が残る形になったせいだろうか。

「ありがとうございます」

お礼を言って花束を受け取る際に、絵梨の左手が安達部長の手に触れた。触れた指先で絵梨の薬指の存在を確認すると、微《かす》かに強張《こわば》っていた彼の表情が解《ほぐ》れた。

「お幸せに」

その表情の変化に絵梨もホッと息を吐き、周囲に視線を巡らせてから再び深く頭を下げた。

「先ほどの部長の紹介のとおり、結婚し、夫となる人の海外赴任に同伴するために退社させていただくことになりました。新天地でも自分に出来ることを探しながら夫を支えていきたいと思います」

夫になる雅翔と出会って、一年半の時間が過ぎた。

お互いすぐにでも結婚したいという気持ちはあったけど、殿春総合商社のCM受注を巡る騒動で二人の社員が退職した後、殿春総合商社のCM制作に欠員補充として入った新人の教育や新たな企画の進行と忙しい日々が続いた。

雅翔の社会的立場を考えれば、略式的な式で済ませるわけにもいかず延び延びの状態になっていた結婚が、雅翔の海外赴任を機に一気にまとまったのだ。

「今までありがとうございました」

再度頭を下げ、絵梨は誇らしげに胸を張る。

この場所で過ごした日々は、幸せなものだけではなかったけど、胸に浮かぶのは慌ただしく充実した楽しい思い出ばかりだ。

「……」

安達から貰った花束を眺めていた絵梨は、中に桜の枝が含まれていることに気付いた。

雅翔の苗字が「桜庭」だからという計らいだろうか。

細い桜の枝に、幾つか花が咲いている。

絵梨がそのことに気付いたタイミングで、安達部長が言う。

「桜の花言葉は『精神美』らしいよ」

それは雅翔にピッタリな言葉だと思っていると、一呼吸置いて、安達部長が静かな声で言う。

「逢坂さんを表すのにピッタリな花だ」

ああ、自分ももうじき桜庭になるのだ……と、数秒遅れで気が付くと、腕に抱く桜の花に強い存在感を覚える。

安達部長の言葉に、郁美が惜しみない拍手を送ってくれるのが、くすぐったくも嬉しかった。


一人一人の餞《はなむけ》の言葉にお礼を言い、絵梨が会社を出る頃には、日が沈み、外は夜の闇に包まれていた。

外灯に照らされるオフィス街を感慨深げに見上げていると、誰かに名前を呼ばれた気がして周囲に視線を巡らせる。声の主に気付いた絵梨は、花が綻《ほころ》ぶような笑みを浮かべた。

「雅翔さん」

絵梨に名前を呼ばれた雅翔が、軽く手を上げて合図しながら近付いてきた。

「お疲れさま」

「迎えに来てくれたんですか？」

一葉で待ち合わせをしていたはずの彼が目の前にいる。思いがけない出迎えに驚く絵梨から、雅翔は自然な手つきで彼女の鞄《かばん》を取り上げ肩に掛けた。

「今日が最後の出勤日だから、絵梨がこれまで歩いてきた道を一緒に歩きたくて」

そう言って雅翔は、ストロボ企画の入っているビルを見上げた。

「ありがとうございます」

彼の視線を追いかけるように、絵梨もビルを見上げる。

まだ会社に残っている人も多いのだろう。窓が明るい部屋が多く、中の活気が手に取るように想像できてしまう。

自分があの灯りの中に戻ることはないのだと思うと、一抹の寂しさが胸を掠《かす》める。

黙って二人でビルを見上げていると、二人の間を春の風が吹き抜けていく。

昼間は暖かい日が増えてきているが、夜風にはまだ冬の名残があった。

冷たい風に舞う髪を押さえていると、風から絵梨を守るように、雅翔が彼女の腰を抱く。その腕の存在を気恥ずかしく思いつつ、彼を見上げた。

「後悔してない？」

微かに眉尻を下げ、申し訳なさそうに雅翔が聞く。

「え？」

「俺のせいで仕事を辞めることになって」

彼の表情の意味を理解して、絵梨は腕に抱く花束の桜に一度目をやってから雅翔に視線を返す。

「これは、私の選択です。私が貴方の側にいたくて、選んだ道です」

「ありがとう」

穏やかで優しい眼差しをする彼は、精神美という花言葉が相応《ふさわ》しいと思う。

そんな雅翔の顔を見上げていると、勝手に女子だと思って言葉を交わしていた「サクラちゃん」を連想してしまう。

なんでも本音で話していた、心の友達のサクラちゃんにメッセージを送るような気分で絵梨は本音を返す。

「それに私、会社を辞めたとは思ってないの」

「……？」

不思議そうな顔をする雅翔に、絵梨は花束を抱え直し、歩き出しながら言う。

「なんていうか、ここで仕事をしながら、友達を作って恋をしました。そうやってたくさんのことを学んで、先輩として後輩に教えられることは全部教えて。……仕事を辞めるって言うより、ここでやるべきことを全部やったから、卒業して次に進む気分です」

「卒業？」

「うん。次に進むための卒業。ちょうど桜の季節だし」

絵梨はそう説明し、花束と雅翔を見比べる。

その視線を追うように花束に目をやった雅翔が、桜の存在に気付いて嬉しそうに頷く。

「絵梨らしい考え方だ」

「そうですか？」

向けられる雅翔の眼差しから、彼の惜しみない愛情が伝わってくる。

「少し遠回りをしていい？　絵梨と二人で見たい景色があるんだ」

誘う雅翔の顔は楽しげで、絵梨が拒《こば》むはずないと知っている。

「うん」

もう少し、この一抹《いちまつ》の寂しさと、新しい世界に飛び込む高揚感が混じり合った気持ちを楽しんでいたい。

そう思っていた絵梨は、弾むような足取りで雅翔と並んで歩き出した。

◇◇◇

絵梨の鞄《かばん》を肩にさげて歩く雅翔は、さっきここに来る際に受けた電話でのやり取りを思い出す。

今日で退職する絵梨の慰労会を、店主の幸根も交えて一葉で行《おこな》う約束をしている。絵梨とは店で落ち合う約束だったが、落ち着かない気持ちから仕事を早く切り上げ彼女を迎えにきたのだ。

はやる気持ちを抑えながら、彼女の働くストロボ企画の最寄り駅の改札口を抜けたタイミングで、スーツの内ポケットに入れていたスマホが震えた。

取り出したスマホの画面には、幸根の名前が表示されている。

「どうした?」

あまりのタイミングの良さに、どこかに彼がいるのではないかと思ってしまう。一葉は営業中なので、そんなはずはないのだが。

それでつい周囲に視線を巡らせてしまうが、電話の向こうからは幸根の声と一緒に店のBGMが聞こえてくる。

「今日、絵梨ちゃんと来るだろ？　なにか料理のリクエストはある？」

そう問いかける幸根は、メニューには載せていないが、店が混んでいないとき常連向けに作る料理のレパートリーを言い連ねていく。

この後、二人が訪れた際に店が混雑していた場合に備えて、今のうちに仕込みをしておくつもりなのだろう。

その気配りにお礼を告げて、雅翔は絵梨の好きなメニューを予約しておく。

「今日は絵梨ちゃんにとっての記念日だから、特別に腕を振るうよ」

おちゃらけた口調で話す幸根は、雅翔の沈黙に目ざとく反応をする。

「なにか不満か？」

「……いや。彼女にとってこれは、記念すべき日なのかな？」

感情を吐露すべきか一瞬迷ったが、ずっと自分の胸に抱えていたわだかまりを打ち明けるのはこのタイミングしかない気がして、雅翔は正直な思いを口にした。

「記念日は、結婚式まで取っておきたいのか？」

「そういう意味じゃないさ。俺の人生に付き合わせることで、俺は絵梨から仕事を取り上げてしまう。今は良くても、いつか彼女は後悔しないかと……」

ずっと思いを寄せていた彼女と心が通じ合ったのだ。

すぐにでも、彼女と結婚したいという気持ちはあった。

ただ自分の社会的立場を考えると、結婚すれば彼女の人生に少なからず変化を及ぼしてしまうのは目に見えていた。

それでも結婚したいと思うのは、男のちゃちな独占欲ではないのか。

せめて彼女の仕事が落ち着くのを待って、結婚に踏み出すべきではないか。

そんなふうに思い、お互いのために最適なタイミングを探っていた矢先、雅翔にアメリカ行きの辞令が下りた。

そのことを報告し、アメリカに一緒に付いてきて欲しいと気持ちを告げると、絵梨は迷うことなく承諾してくれた。

結婚の準備も障害なく進み、全ては雅翔の願ったままに動いていく。

そのことは嬉しく思うのだけど、絵梨にとっても本当にこれでよかったのだろうかという迷いは常に付きまとう。

「そんなの、俺じゃなくて絵梨ちゃんに聞けよ。もうサクラちゃんはいないんだから、彼女の本音を受け止めるのは、お前の仕事だろ」

「……まったくだ」

呆れ気味の幸根に、雅翔は深くため息を漏《も》らして頷く。

サクラちゃんとしてではなく、桜庭雅翔として彼女の側にいたい。そう願ったのは自分なのだから、自分の言葉で確かめて、彼女の本音と向き合うべきだ。

「じゃあ、待ってるから後でな」

沈黙の中に雅翔の覚悟を感じ取ってくれたのか、幸根はそう言って通話を終わらせた。

雅翔はスマホの画面で時刻を確認すると、彼女の終業までにはまだ時間がある。

はやる気持ちが抑えられず、いささか急ぎすぎたようだ。

それならそれで、絵梨が通った街を散策してみようと雅翔は歩き出した。


さっき一人で歩いた道を二人で辿《たど》りながら、雅翔は隣の表情を伺う。

こちらの視線に気付いた絵梨が、優しく微笑み返してくれる。その表情を見れば、さっきの絵梨の言葉が彼女の心からのものだとわかる。

雅翔の心のわだかまりを、絵梨はいつも何気ない言葉で解消していく。きっとこの先もずっと、自分は彼女の言葉に救われていくのだろう。

そのことに雅翔は、心からの感謝の言葉を口にする。

◇◇◇

「ありがとう」

並んで歩く雅翔が囁《ささや》く。

「え？」

普段使うことのない道を雅翔が歩いていくので、物珍しげに周囲を観察していた絵梨は、彼の言葉を聞き逃さないよう足を止めて彼を見上げる。

雅翔に案内されるままに歩き、気が付けば児童公園の前に来ていた。

見上げる雅翔は、慈愛に満ちた眼差しをこちらに向けている。

「絵梨の価値観に、俺はいつも救われている」

そう話しながら、雅翔は公園の中へと入っていく。

「そうですか？」

自分のなにが、彼にそれほどの影響を与えているのだろうか。そう不思議に思いつつ雅翔の後に続いて公園の中に入った絵梨は、ハッと息を呑んだ。

人気《ひとけ》のない小さな公園に植えられた桜が一本、満開の花を咲かせている。

暗い公園の外灯に照らされる桜の枝は、それ自体が光を放っているように見えて幻想的だ。

「絵梨を待っている間に、見付けたんだ」

どこか得意げに話す雅翔は、近くで見ようと絵梨を促《うなが》す。

足下が砂利《じゃり》のため、転ばないようにと雅翔が手を差し伸べてくれたので、絵梨は彼の腕に自分の腕を絡《から》めた。

砂利《じゃり》混じりの乾いた土を踏みしめながら二人並んで歩いていくと、夜の来訪者を歓迎するように桜の枝が揺れる。

花束を抱えて二人でゆっくりと足を進めていくと、結婚式の進行確認のために歩いた式場のチャペルを思い出す。

白を基調としたチャペルの壁面に掲《かか》げられる十字架へと雅翔と並んで歩いたとき、まだ気が早いとは思いつつ胸に込み上げる感動が抑えられなかった。それと似た熱い思いが、再び絵梨の胸に湧き上がる。

二人の歩く先にある桜に、あの日チャペルで見上げた十字架と同じ尊さを感じてしまう。

「こんな場所に公園があるなんて知りませんでした。ちょうど満開ですね」

込み上げる感動を抑えて話す絵梨に、雅翔が嬉しそうに微笑む。

「俺も、絵梨を迎えに来なければ、この桜を見付けることはなかったよ」

そんなことを話しながら桜を見上げていると、強い春風に吹かれて花びらが数枚、夜空に舞い上がった。

——この人となら、どこに行っても幸せに暮らしていける。

舞い上がる桜を二人で見上げていると、根拠のない自信が胸に湧いてきた。

誰かを生涯愛することは、神様の前でだけ誓《ちか》う特別なことではないのだろう。愛する人と過ごす時間の中、愛おしさが込み上げてくる度、胸に刻むように自分自身に誓《ちか》うのだ。

桜の花びらのメッセージに思いを託し、運命に導かれるように出会った彼を、生涯愛していくのだと。

「毎年、一緒に桜を見ましょうね。どこにいても、なにをしていても、二人で一緒に桜を見上げて今日のこの気持ちを思い出せば、私はずっと幸せでいられます」

雅翔を見上げ穏やかな口調で宣言すると、彼が優しく微笑んだ。

「そんなふうに前向きに生きる君だから、俺は何度でも君に恋してしまうんだよ」

「ありがとうございます」

はにかんで返す絵梨の両肩に、雅翔の手が触れる。

そんな彼の手に誘導されるように体をわずかに彼の方へと向けると、雅翔が唇を重ねてきた。

花束を潰さないようにと、体を密着させずに軽く唇を重ねるだけの口付け。

——愛しています。

そんな思いを込めて唇を重ねていると、その誓《ちか》いを祝福するように風が吹き、桜の枝が揺れた。

結婚を約束した彼との幸せな未来を夢見る絵梨《えり》。ところが、ようやく迎えた婚約披露の日、彼の隣で笑っていたのは何故か自分の後輩だった！　絵梨はどん底まで突き落とされたが、思いがけない転機が訪れる。なんと、偶然知り合った謎のイケメン、雅翔《まさと》から、元カレたちへの“復讐”を提案されたのだ。戸惑う絵梨だったが、気付けば雅翔のペース。彼のおかげで本来の美しさを引き出された絵梨は周囲からも注目を集めるように。しかも雅翔は、会うたび恋人のように甘くて…

B6判　定価：704円（10%税込）　ISBN 978-4-434-28985-9

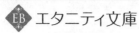

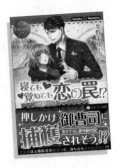

EB エタニティ文庫

優しい上司に捕獲されちゃう⁉

ETERNITY Rouge

エタニティ文庫・赤

秘書見習いの溺愛事情

冬《とう》野《の》まゆ　　装丁イラスト／あり子

文庫本／定価：704円（10% 税込）

高校時代に、偶然に唇を触れ合わせてしまった素敵なビジネスマン。優しげな彼に、下町娘の向日葵《ひまわり》は淡いトキメキを抱いていた。それから四年。なんと、彼が重役を務める大企業で秘書見習いとして働くことに！　優しい上司と思いきや、甘くイジワルに向日葵を翻弄してきて⁉

※エタニティブックスは大人の女性のための恋愛小説レーベルです。ロゴマークの色で性描写の有無を判断することができます（赤・一定以上の性描写あり、ロゼ・性描写あり、白・性描写なし）。

詳しくは公式サイトにてご確認ください。
https://eternity.alphapolis.co.jp

携帯サイトはこちらから！

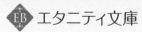

EB エタニティ文庫

旦那様の新妻愛が大暴走!?

エタニティ文庫・赤

激愛マリッジ

玉紀《たまき》 直《なお》　　装丁イラスト／花岡美莉

文庫本／定価：704円（10% 税込）

二十歳の誕生日、大好きな年上幼なじみの御曹司から情熱的なプロポーズを受けた愛衣《あい》。幸せな新婚生活が始まったけれど……待っていたのは至れり尽くせりの生活！　奥さんらしいことがしたくても、甘やかされるばかり。それどころか、旦那様の尋常でない新妻愛にとことん翻弄されて——

※エタニティブックスは大人の女性のための恋愛小説レーベルです。ロゴマークの色で性描写の有無を判断することができます（赤・一定以上の性描写あり、ロゼ・性描写あり、白・性描写なし）。

詳しくは公式サイトにてご確認ください。
https://eternity.alphapolis.co.jp

携帯サイトはこちらから！

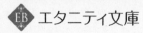

本書は、2017年12月当社より単行本として刊行されたものに、書き下ろしを加えて文庫化したものです。


この作品に対する皆様のご意見・ご感想をお待ちしております。

おハガキ・お手紙は以下の宛先にお送りください。

【宛先】

〒150-6008 東京都渋谷区恵比寿4-20-3 恵比寿ｶﾞｰﾃﾞﾝﾌﾟﾚｲｽﾀﾜｰ 8F
（株）アルファポリス　書籍感想係

メールフォームでのご意見・ご感想は右のＱＲコードから、
あるいは以下のワードで検索をかけてください。

アルファポリス　書籍の感想　検索

ご感想はこちらから

エタニティ文庫

史上最高《しじょうさいこう》のラブ・リベンジ

冬野《とうの》まゆ

2021年7月15日初版発行

文庫編集－熊澤菜々子
編集長－倉持真理
発行者－梶本雄介
発行所－株式会社アルファポリス
〒150-6008 東京都渋谷区恵比寿4-20-3 恵比寿ｶﾞｰﾃﾞﾝﾌﾟﾚｲｽﾀﾜｰ8F
TEL 03-6277-1601（営業）　03-6277-1602（編集）
URL https://www.alphapolis.co.jp/
発売元－株式会社星雲社（共同出版社・流通責任出版社）
〒112-0005 東京都文京区水道1-3-30
TEL 03-3868-3275
装丁イラスト－浅島ヨシユキ
装丁デザイン－ansyyqdesign
印刷－中央精版印刷株式会社

価格はカバーに表示されてあります。

落丁乱丁の場合はアルファポリスまでご連絡ください。

送料は小社負担でお取り替えします。


ISBN978-4-434-29100-5 C0193